Annemarie Nikolaus: Flirt con una star
Quick, quick, slow – Club di Danza Lietzensee

ANNEMARIE NIKOLAUS

Flirt con una star

Quick, quick, slow – Club di Danza Lietzensee

Romanzo di danza

1

Tanja Walters fece sussultare con il suo pazzesco campanello della bici due gazze che bisticciavano per un brandello luccicante di carta stagnola sulla pista ciclabile. La carta rimase lì, quando le due fuggirono sul castagno davanti alla piazza delle feste della Hüttenweg nel quartiere Zehlendorf.

Tanja smontò e legò la bici a un lampione. Poi si chinò per raccogliere la stagnola e la gettò nel cestino più vicino. Ben gli sta!

In ogni giostra suonava una musica diversa; evidentemente i gestori tentavano di sovrastarsi l'un l'altro. Pensavano che chi aveva il volume più alto attirava più persone? Le venne incontro l'allettante profumo di grigliata. In un vicolo in cui si trovavano chioschi del barbecue con mais, costolette grigliate, bistecche e birra americana, si accalcavano i frequentatori della festa. Sì che aveva appena pranzato, però si sarebbe comprata almeno una costoletta, se le code davanti agli stand del cibo non fossero state così lunghe.

In quanto *square dancer*, per lei la festa popolare tedesco-americana era addirittura un must. E la adorava. La vera America non poteva permettersela prima di aver finito gli studi di architettura.

Alla ruota panoramica incontrò il primo del Club di Danza Lietzensee: Norbert Kaminski scese da una navicella con suo figlio dodicenne Oliver.

«Tanja, Tanja!» Oliver saltellò verso di lei. «Vieni nella galleria degli orrori con me?»

«Perché io?» Guardò Norbert ghignando. «Tuo padre ha paura?»

Oliver piegò gli angoli della bocca all'ingiù. «No. Per questo con papà non è divertente. Fa solo finta.»

«Allora devi tornare un'altra volta quando c'è anche tua madre. Neanch'io tremo di paura.»

«Non è possibile.» D'un tratto Oliver sembrò sul punto di scoppiare in lacrime.

Norbert alzò le sopracciglia ammonitore. Allora forse aveva fatto una gaffe. E aveva pensato che il divorzio di Norbert fosse stato di comune accordo.

Mise il braccio attorno alle spalle di Oliver. «Allora costringeremo Chris a farlo. Vieni, andiamo a cercarlo.»

Con gli altri del suo gruppo di *square dance* si erano dati appuntamento nella *Main Street*. Qui i gestori dei chioschi si erano accordati sulla musica country. Molto ragionevole! Era anche un po' più bassa di volume. Tanja cantò quello che conosceva mentre cercavano con gli occhi i ballerini.

Chris Rinehart, il *caller* americano del gruppo, era accanto a Micky Hassloff, il compagno di ballo di Tanja, a un baraccone del tiro a segno. Chris era in abiti civili mentre Micky sembrava un cowboy, dallo Stetson fino agli stivali col tacco alto. Un cowboy dall'aspetto oltremodo autentico: muscoloso e abbronzato, come se sorvegliasse davvero mandrie di bovini tutto l'anno. Persino i capelli biondo sabbia parevano schiariti dal troppo sole. Invece sedeva notte e giorno al politecnico davanti a quegli stupidi computer.

Chris gli spiegava il funzionamento di un fucile ad aria compressa e l'uomo del baraccone seguiva l'azione dei due con palese disappunto. Ma poi venne distratto da un uomo più anziano con sombrero e camicia da *trapper* con le frange e distolse lo sguardo da loro.

Lei si avvicinò e poi indicò verso il proprietario. «Quello ha proprio paura che Micky gli svuoti il baraccone.»

Micky si voltò. Il blu dei suoi occhi divenne più intenso quando la guardò. Scuro come un lago in cui lei avrebbe potuto immergersi. Che pensiero sciocco! Sarebbe affogata; infatti non sapeva nuotare.

Si appoggiò accanto a lui con un gomito sul bancone e sperò di apparire cool.

«Tanja, a cosa devo sparare per te?»

«Per me? Mah... In ogni caso niente animali di peluche. Ne ho già cento. Come minimo.» Guardò dal nastro trasportatore con i numeri scorrevoli ai premi esposti in alto e poi di nuovo verso il nastro. «Ma riesci a sapere prima cosa becchi?»

Chris rise. «Colpirà ben qualcosa.»

«Qualcosa...» Erano tutte cianfrusaglie, quelle che erano là allineate. «Ma non potrebbero farci vincere qualcosa di utile?» Forse era meglio dire subito a Micky che non le interessava niente di quello. Però probabilmente aveva già pagato i suoi tiri. E non doveva neanche pensare che lei non volesse ricevere niente da lui.

«Questa è la festa popolare tedesco-americana qui!» Micky brandì il fucile ad aria compressa. «Qui non si tratta di utilità, ma di pace tra i popoli. O qualcosa del genere.»

«Pace tra i popoli? Micky, sei fuori epoca: non c'è più la RDT.» Come sempre quando non gli veniva in mente nessuna replica, gli vennero le orecchie rosse. Era così facile prenderlo in giro.

«Vuoi dire il nostro stile di vita.» Chris indicò verso il vicolo con i barbecue con un gesto tronfio simile a quello di Micky.

«Il vostro stile di vita? Pah!» Sghignazzò sfacciata. «Ci avete semplicemente copiato la nostra quadriglia.»

«Però devi ammettere che la nostra *square dance* è molto più divertente della vostra quadriglia. Perciò quella è da tempo passata di moda.» Chris posò a Micky una mano sulla spalla. «Più tempo esiti, più diventi incerto.»

Lo sguardo di Micky tornò indietro dal nastro trasportatore verso Tanja. «Non può essere! Più incerto è impossibile.» Soprattutto se lei gli stava così tanto vicino che il suo profumo lo annebbiava. Come se non bastasse il solo vederla per togliergli il respiro. I capelli biondo scuro le erano appena ricresciuti di mezza lunghezza e a ogni colpo di vento le accarezzavano il viso. Lì, sulla sua guancia, anche lui avrebbe posato volentieri le dita. Ma non c'era niente da fare. Ora ballavano insieme da più di tre anni, ma Tanja non veniva mai da lui, neppure se non si raccapezzava col suo computer.

Con l'occhio stretto a fessura mise il fucile contro la spalla, scelse un bersaglio e sparò. Mancato. Ma cosa si era fatto stordire di chiacchiere da Chris! Ripetè e sparò una seconda volta, senza prima mirare a lungo. Questa volta colpì. Si raddrizzò e si asciugò le dita umide sui pantaloni. «Fortuna.» Almeno ora non stava lì come un completo idiota.

Però aveva ancora due tiri rimasti per fare brutta figura. Puntò di nuovo; entrambe le volte colpì un numero sul nastro trasportatore. Ghignando sollevato, posò il fucile sul bancone e guardò il proprietario con impazienza. «Ora sono proprio curioso.» A giudicare dal cui viso truce, erano dei bei premi quelli che si era appena guadagnato a fucilate.

Tanja gli prese il braccio e lo tirò verso di sé. «Centro tre volte su quattro. Micky, sei un talento naturale.»

A questo non seppe cosa rispondere. Imbarazzato, tornò a volgere lo sguardo al gestore del baraccone.

E Chris rincarò la dose. «L'avevo detto io. Riesci in quello che ti proponi di fare.»

La nuca gli divenne calda; di sicuro adesso arrossiva. Mantenne lo sguardo fisso sul proprietario che toglieva premi qua e là. «Sembra non sapere bene cosa mi deve dare.» E a voce più alta. «Ragazzo, posso scegliermi qualcosa o come funziona adesso?»

«Un attimo», giunse la risposta scontrosa. All'improvviso quell'uomo non aveva più un accento americano, ma una cadenza che suonava molto assiana.

«Malgrado il cappello e i vestiti: non è un americano.» Tanja ghignò apertamente. «Gli americani sono indubbiamente più generosi.»

Ridendo, Chris le battè sulla spalla. «Mi sento onorato, *Ma'am*.»

Il proprietario del baraccone del tiro a segno si degnò finalmente di consegnare i premi. Ovviamente fra questi c'era un gigantesco animale di peluche – una versione rosa di Bugs Bunny.

Micky cercò di appiopparlo a Oliver, ma quello rifiutò sdegnato. «Il rosa è per le femmine!»

Finalmente Chris gli prese il coniglio; con quello Madeline poteva far felice sua nonna. Il secondo premio erano delle bolle di sapone; Oliver le accettò indulgente. Il terzo premio invece aveva una certa utilità: un ferro da stiro a vapore. Ma come poteva regalare a Tanja una cosa del genere?

Lei lo disimballò e lo esaminò da ogni lato. «Per mia madre!»

«Pensi che come ringraziamento mi stirerà le camicie?»

«Mia madre non stira mai!» Sollevò il mento altezzosa.

La fissò. Pensava forse che lui avesse inteso seriamente la domanda?

Rughe di espressione le si arricciarono intorno agli occhi quando sventolò il ferro da stiro. «Forse con questo ora inizierà.» Lo prendeva in giro! E ci era cascato in pieno un'altra volta. Ma come diamine ci riusciva sempre?

«Fai provare all'uomo se funziona», avvertì Chris.

«Non sapevo proprio che puoi essere così pignolo», risuonò d'un tratto la voce di Madeline Lagrange dietro di loro.

Chris si voltò, la attirò a sé e la baciò a lungo.

«Ti piacerebbe se io volessi che finissimo il giro! Prima ancora che io abbia cominciato?» Madeline rise, un po' senza fiato per il lungo bacio.

«*What?*» Chris fece una faccia innocente, come non capisse cosa lei intendeva. «Prima abbiamo ancora qualcosa da sbrigare.»

Tanja porse il ferro da stiro all'uomo del baraccone per testarlo. Ma senza acqua distillata c'era poco da provare; perlomeno si accese e si scaldò. Ne conseguì che non poteva rimpacchettarlo subito. Lo schiaffò in mano a Micky e lui dovette portarlo finché non si fu raffreddato.

Tanja prese a braccetto Norbert e per mano Oliver. Seguirono Chris fino a un palco su cui tre uomini sedevano davanti a un falò elettrico e suonavano canzoni western con le loro chitarre. Almeno uno di loro era alquanto stonato.

«Bah!» Incurante come sempre, Tanja non faceva mistero della sua avversione. «Alcuni qui hanno delle grosse pretese.»

Oliver inclinò la testa di sbieco. «Questi guaiscono. La vostra musica da ballo la trovo migliore.»

Norbert rise e arruffò i capelli di Oliver. «Tu e Tanja evidentemente avete gli stessi gusti, cowboy.»

Chris salì i gradini accanto al palco e sparì dietro un sipario. Poco dopo rispuntò con il volto raggiante, accanto a lui un giovane con il sigaro nell'angolo della bocca. Quello disse qualcosa; dopodiché Chris picchiettò sul suo smartphone e strinse la mano all'uomo.

Saltò giù verso di loro con un balzo. «Werner sarà entusiasta. Ci becchiamo 500 Euro.»

Madeline aggrottò la fronte. «Chi – per cosa?»

«'Noi' per un'esibizione qui.»

«Grandioso.» Micky battè sulla spalla a Chris. «Rafforzerà la nostra posizione al circolo.»

Tanja ghignò. «Neppure la formazione latina rende così tanto. George non può permettersi di liquidarci; ciononostante ci prende così poco sul serio.»

«Il nonno è un pochino antiquato; ma vuole solo il bene del circolo.»

«Antiquato?» Micky fece una smorfia. Che Madeline difendesse ancora suo nonno... «Allora dico solo 'quadriglia'.» George Lagrange non si interessava nemmeno alle danze antiche su cui la sua stessa moglie faceva ricerca.

Madeline guardò ancora un po' incredula da uno all'altro. «Vuoi dire che il nostro gruppo di *square dance* balla qui? Ma non siamo mica americani.» Nei pochi mesi in cui aveva ballato con loro non aveva ancora visto in che modo strano si realizzavano alcune esibizioni.

«Da quando l'*Army* si è ritirata, è diventato più difficile rendere questa festa autenticamente americana. O costosa.» Chris indicò i cantanti che si stavano inchinando sul bordo del palco. «Nemmeno quelli sono autentici.»

Sul palco iniziò il numero successivo: un gruppo di ballerine vestite da ragazze di saloon. Erano davvero brave e ricevettero applausi anche dal pubblico femminile quando nel finale si voltarono e alzarono le gonne.

«Questo cancan però non è proprio del tutto in stile, vero?» Improvvisamente Madeline afferrò Chris per il braccio e lo girò verso di sé con un movimento brusco. «Quindi hai fissato una data?» Sembrò di colpo presa dal panico per il fatto di dover stare là sopra di persona. In effetti, sarebbe stata la sua prima esibizione pubblica con loro. «Senza sapere se tutti hanno tempo di ballare? E che mi dici di Hinnerk? È di nuovo a Hong Kong...»

Chris le posò la mano sulla bocca con fare rassicurante. «Piano!» La baciò di sfuggita sulla guancia. «Non agitarti. Il manager ci ha proposto tre date diverse. Non dobbiamo accettarle tutte.»

«Però allora ci sono meno soldi», disse Tanja. Dovevano eleggerla nel consiglio direttivo; così il circolo non avrebbe più avuto preoccupazioni.

Micky si voltò rapidamente di lato, affinché lei non vedesse il suo ghigno. Magari si sarebbe sentita offesa.

«Ovvio. Cosa pensavi? Ogni esibizione viene pagata extra.» Chris teneva ancora Madeline stretta a sé e le accarezzava la schiena. Quei due erano uno spettacolo da fare invidia.

«Allora dovremmo ballare tre volte.» Micky fece l'occhiolino a Tanja. «E in questo modo mettere fuori combattimento il nonno di Madeline una volta per tutte.»

«Fuori combattimento?» Lo colpì nel fianco. «Ti sei adattato proprio bene al selvaggio west.»

«Sono in grado di apprendere; non lo sai?» Sogghignò scaltro.

Lo guardò scettica. Ma questa volta lui non ci cascò. Sollevò il mento sicuro di sé e dopodiché lei non ebbe la battuta pronta.

2

Cinque giorni dopo, Micky si trovava di nuovo davanti al palco alla festa popolare tedesco-americana con Tanja e quattordici altri *square dancer*.

Stavolta Chris, come tutti gli altri uomini, portava stivali da cowboy con il tacco alto, Stetson e *bolo tie* con jeans e camicia a quadri. Le ballerine avevano indossato gonne al ginocchio di colori accesi e ampie *petticoat*, non conforme all'epoca del selvaggio west, ma ormai il costume più consueto per la *square dance*. Tanja si era fatta raccogliere i capelli in alto da Carola Maaßen; qualche ciocca arricciata le incorniciava il viso. Aveva un aspetto ancora più incantevole del solito.

Il marito di Lydia Aydemir, musicalmente ignorante, era devotamente venuto ad applaudire, proprio come la figliolanza di Norbert al completo insieme alla madre. Il marito di Bettina Hinz portava la figlia nel marsupio sul petto. Lei dormiva del tutto indifferente al chiasso della festa. Il marito di Andrea Falshagen era riuscito a convincere almeno la figlia adolescente a venire; gli altri due ormai percorrevano le proprie strade, che non li conducevano al Club di Danza Lietzensee.

Uno dei club berlinesi che si erano specializzati in *square dance* ballava prima di loro. Li accompagnava un duo di *fiddler* che lavorava per il palco. Nemmeno questo era autentico: i due uomini suonavano il violino, non il *fiddle*.

«In media sono decisamente più anziani della nostra compagnia», osservò Norbert, che con i suoi trentacinque anni lui stesso non si annoverava più tra i più giovani fra loro. «Mancano di elasticità.»

«Proprio al contrario di te.» Con un battito di ciglia alla vecchia maniera – segno del flirt in stile western – Carola, la sua compagna di ballo, lo prese a braccetto.

L'ex-moglie di Norbert, sdegnata, sbuffò rumorosamente, ma poi fu sequestrata dalle sue due figlie piccole. Non lo aveva più voluto, però era ancora gelosa. Vai a capire le donne! Micky scosse il capo disapprovandola.

Però non era solo l'elasticità di cui difettava l'altro gruppo; nulla di grave, eppure... Mancava di armonia, di precisione. Come se fossero in disaccordo o continuamente in competizione tra loro. L'applauso fu scarso; molto chiaramente più cortese che entusiasta. Probabilmente le imperfezioni erano state evidenti persino agli occhi inesperti degli spettatori.

Madeline si voltò verso Chris. «Noi abbiamo il *caller* migliore.»

Lui la baciò disinvolto e le accarezzò la schiena per placare la sua febbre della ribalta.

In quel tardo pomeriggio di luglio, faceva ancora un caldo soffocante; ma che il vestito di Madeline fosse già appiccicato alla sua schiena zuppo di sudore, dipendeva ben poco dalla calura.

Norbert colpì Chris nel fianco. Il manager del palco – sigaro nell'angolo della bocca – stava venendo verso di loro.

Micky porse la mano a Tanja, ma invece di salire sul palco con lui, lei prese a braccetto Madeline.

«Hai la febbre della ribalta?», chiese lei. Beh; in queste circostanze probabilmente non doveva interpretarlo come un rifiuto.

Madeline deglutì a fatica e fece scena muta; si premeva una mano sul petto.

«Non ti ho mai vista così», disse Tanja. Però era anche la prima volta che Madeline si esibiva con loro in pubblico. «Andrà bene!»

Chris si fermò appena dietro il sipario e si fece fissare dal manager un microfono senza fili. Quando Madeline gli passò accanto andando verso il suo posto nello *square*, le soffiò un bacio sulla guancia. «Sembri un cadavere, *darling*.»

«Oh, tante grazie. Complimento stupendo!»

«Starai subito meglio.» La trattenne e la baciò sulla bocca; i suoi occhi luccicavano di malizia.

L'umore spumeggiante di Chris parve contagioso. Spavalda, Tanja afferrò la mano di Micky e fece una giravolta nel suo braccio, prima che si disponessero ordinatamente. Lo sguardo focoso che nello stesso tempo gli lanciò, per un istante gli mozzò il fiato: non somigliava a quello che Madeline aveva appena avuto per Chris? Ma di sicuro se l'era solo immaginato.

Il sipario si alzò e il manager li presentò. Chris alzò la mano; i violinisti attaccarono il primo pezzo e Chris cantò le sue *calls*: «*Bow to the partner. Join and circle to the left for a while... Walk around the corner...*»

Quando al «*walk*» Tanja sventolò le gonne, il profumo che la avvolgeva si fece più intenso. Sua madre aveva usato ancora l'ammorbidente. Micky cercò disperatamente di trattenere lo starnuto. «*Circulate... And swing your girl...*» La prese nella postura del ballo e per un lungo momento lei si appoggiò tra le sue braccia, prima di seguire la sua leggera spinta al movimento. Quando ballava con lui, diventavano un tutt'uno e Tanja sapeva cosa lui voleva da lei un secondo prima del suo segnale successivo. Ma non appena la musica si smorzava, era distaccata e sarcastica.

Poi la loro esibizione finì. Dal pubblico giunse un applauso addirittura frenetico. La gente non aveva applaudito gli altri *square dancer* a quel modo. Tanja espirò a lungo, come se avesse trattenuto il fiato. Malgrado si fosse esibita già molto spesso, ogni volta sembrava colta dalla paura di poter fare pasticci.

Senza commenti, sopportò che lui la prendesse per mano e le accarezzasse il dorso della mano con il pollice.

La tirò sul bordo del palco. «Inchino!»

Poi calò il sipario tra loro e il pubblico. Il manager indicò un cartone con delle lattine di acqua minerale e Micky ne tirò fuori due per sé e per Tanja.

Madeline si asciugò il sudore dalla fronte con il braccio. «È sempre così snervante?»

Carola rise. «E questa non è neanche una competizione.»

«E chi lo sa!» Norbert aveva trovato una birra e ora aveva una barba di schiuma sul viso. Rinunciò ai gradini e saltò giù dal palco direttamente davanti a suo figlio, che aveva aspettato lì la fine dell'esibizione.

Oliver saltellava su e giù. «Adesso andiamo sulle montagne russe, papà? Jasmin e Maike hanno già fatto due giri.»

«Ma certo! Recuperiamo subito.» Norbert fece scivolare il suo Stetson dietro la nuca e si congedò con un ampio ghigno. Con la mano sulla spalla di Oliver, lo spinse attraverso la folla.

Micky teneva ancora la mano di Tanja, quando scesero la scala. Improvvisamente questo la rese nervosa. «Non mi perdo mica.» Tirò via la mano.

Lui la guardò sbalordito; poi alzò le spalle.

Chris scese i gradini accanto al palco, immerso in una vivace conversazione con un uomo massiccio dai capelli radi. Il suo abito era troppo costoso per un baracconista. Le parve in qualche modo familiare, ma non aveva esattamente idea di dove doveva collocarlo. Un politico?

Chris allungò la mano verso Madeline e la attirò a sé. *«Madeline, please meet Ralph Kincaid.»*

Kincaid, il produttore cinematografico! Nessun tipo del senato. Giusto; aveva visto quell'uomo in una qualche trasmissione televisiva.

«*Ralph, meet Madeline Lagrange.*» Chris pronunciò il suo cognome alla francese, non alla berlinese. Così suonava molto più elegante; Tanja represse un sorrisetto. «*She's the grand-daughter of one of the heads.*» Quali capi? Di cosa?

«Con il nonno non mi vanterei mai», disse Madeline a Chris in tedesco. Parlavano del Club di Danza Lietzensee?

Kincaid sembrò non averla capita. «*Nice to meet you, Miss.*»

Poi si rivolse di nuovo a Chris. Evidentemente parlava solo l'inglese. «La Sua compagnia mi ha convinto, Chris.»

Tanja si avvicinò. «Convinto di cosa?» Non si diede la briga di dissimulare la propria diffidenza.

Kincaid si voltò verso di lei. «La vostra compagnia è la migliore di tutte quelle che ho visto in questi giorni.»

«Si interessa di questa roba, Mister Kincaid?»

«*Ralph, please.*» Si volse di nuovo verso Madeline. «*Miss...* Madeline, se Suo nonno potesse magari prendersi del tempo per me oggi o domani?» Quello ne aveva di fretta!

«Perché vuole parlare con il nonno, Ralph?»

«Perché voglio avere voi. Mi aspetto tre giorni di riprese.»

Tanja boccheggiò. «Giorni di riprese? Vuole scritturarci per un film?» Incredibile. «Los Alamos!» Era quello! Perciò Kincaid le pareva così familiare. «Manolo Rioja gira 'Los Alamos' a Babelsberg. E Lei è il produttore, non è vero?» Non poteva essere vero; stava sognando.

Madeline scoppiò in una risata. «Come mai sei così bene informata, Tanja?»

«Oh, ma c'era con tutti i dettagli su rbb.» Le sue mani divennero umide per l'eccitazione. «Manolo Rioja è il protagonista. Sarà un western classico veramente bello...»

Chris la interruppe con un gesto della mano. «Raccontacelo dopo al bar.»

«Il Suo entusiasmo è un grande complimento per noi.» Kincaid prese il cellulare dalla tasca della giacca, lo guardò fissò e digitò una rapida risposta. Poi si rivolse ancora a Tanja. «Le racconterò tutto quello che vorrebbe sapere sul film.»

«Un western?» Madeline guardò incredula da lei a Kincaid. «Gira un western in Germania?»

«Conviene. Il vostro Paese ha un eccellente finanziamento per il cinema.» Ghignò. «E qui si ottiene quasi tutto. Delle comparse per le riprese di *square dance*, ad esempio.» Rimise in tasca il cellulare. «Solo per le scene fuori Los Alamos i nostri scout non hanno trovato una *location* adatta. Quelle le gireremo in Francia.»

A Tanja si seccò la bocca per l'eccitazione; non avrebbe dovuto lasciare la lattina d'acqua minerale dietro il palco. «Comparse. E di certo ne avrà bisogno un bel po' in un western del genere.»

Kincaid la squadrò dalla testa ai piedi. Ponderava se poteva utilizzarla?

Incalzò in fretta. «Nelle vacanze di fine semestre mi pago gli studi come comparsa.» È vero che lo aveva fatto solo due volte e solo per la televisione; il cinema, quello era di sicuro tutt'altra cosa. Ma questo non doveva mica dirglielo.

«Quanti dei nostri ballerini vuole scritturare?» Madeline come sempre era più dedita a riflessioni pratiche; gli attori non sembravano interessarle particolarmente.

«Voglio tre *squares*. Con voi ci saranno due coppie di attori e comparse del set. Ce la farà, Chris?»

«Questi attori sanno ballare qualcosa?», chiese Chris.

Kincaid alzò le spalle. «Basterà. È realistico che non tutti siano ugualmente bravi. E non punteremo tutto su quello.»

«È rischioso, Chris! Se anche solo uno dei nostri sostituti manca, la storia salta.» Evidentemente Madeline voleva dissuaderlo. Oh no! Tanja le lanciò un'occhiata furibonda. Non se lo sarebbe lasciato sfuggire in nessun caso.

Ma prima che le venisse in mente qualcosa per ribattere, Chris le venne in aiuto. «Non preoccuparti, *darling*. Cosa abbiamo a fare un intero circolo?» Accarezzò con fare rassicurante Madeline sulla schiena.

«Non credo che convinceremo altri ballerini del circolo a farlo. Il nonno temerà che glieli portiamo via.»

Micky alzò le spalle. «Sottobanco...»

«Giusto!» Tanja lo guardò riconoscente. Micky era proprio il migliore! «E porto mio fratello. Axel è abituato a essere comandato a bacchetta da me.» Si rivolse ancora a Kincaid in inglese. «Quando deve cominciare?»

«Tra quattro settimane iniziamo con le riprese», rispose lui.

«Forse il nostro gruppo dopo ciò diventerà un po' più numeroso e potremo effettivamente mettere su un terzo *square*.» Dunque ora Madeline pareva ricavare qualcosa di buono dal tutto.

«Il che significa allora che di nuovo nessuno può permettersi di mancare.» Carola ghignò. «Questa ti è riuscita proprio bene, Chris.»

«So di almeno una ballerina sostituta che avrebbe volentieri un posto fisso nello *square*.»

Tutti risero, lo sguardo su Madeline: da qualche mese durante l'allenamento doveva spesso farsi da parte, perché Bettina, la compagna originaria di Hinnerk, dalla fine della sua maternità ballava di nuovo. In compenso Tanja e Carola le cedevano a turno i loro compagni; ma ovviamente non era una soluzione.

Ghignando, Chris mise il braccio attorno a Madeline. «Ti darò ancora delle ripetizioni fino alle riprese.»

3

A due settimane dall'inizio delle riprese, Kincaid informò Chris che ora avevano scritturato le comparse per la *square dance*. Dopodiché Chris trasferì l'allenamento del martedì a Babelsberg per integrare nel gruppo le due coppie sconosciute.

Micky andò a prendere Tanja all'Istituto di Architettura in Ernst-Reuter-Platz. Lei aveva fatto qualcosa ai capelli e il suo viso era incorniciato da ricciolini. La gonna, che terminava corta sopra le ginocchia, era abbastanza ampia da sostituire il costume da *square dance*, nel caso quel pomeriggio non avessero trovato l'occasione di cambiarsi.

Gli vennero le gambe molli quando lo salutò del tutto inaspettatamente in modo impetuoso. Lui affondò il viso nei suoi capelli e voleva metterle le braccia attorno alla vita, ma lei gli afferrò la mano.

«Vieni!» Lo tirò attraverso l'atrio fino a una teca. «Questo l'ho progettato io!», disse piena d'orgoglio. «Ti piace?»

Se solo avesse saputo cosa doveva essere! Un'alta torre che aveva una certa somiglianza con un fungo, solo che la "testa" di vetro si componeva di quattro parti collegate tra loro solamente alla base. Molto strano. «Molto ingegnoso.» Sorrise esitante. «Di certo là sopra ci si sente come se si sedesse all'aperto.»

«Esatto! Così dev'essere.» Tanja era ancora più raggiante di prima, evidentemente colma di gioia per la sua risposta.

«E che cos'è?»

Lei aggrottò la fronte. «Come – cos'è? Un grattacielo, ovviamente.»

Ovviamente. «Verrà costruito?»

«Stupido! È il progetto per una tesina. A volte non vengono costruiti neppure i progetti che hanno vinto un concorso.» D'improvviso si voltò dall'altra parte; aveva detto un'altra volta qualcosa di sbagliato? Ma lei indicò semplicemente l'orologio che pendeva dal soffitto. «Tuffiamoci nella... mischia.»

Incontrarono Axel e gli altri ballerini davanti all'ingresso dell'area dello studio cinematografico a Babelsberg. Oltre all'indirizzo dello studio, Chris aveva ottenuto da Kincaid una piantina. Non si vedeva da quella che ci voleva un'eternità per andare a piedi da un'estremità all'altra dell'area. Per questo motivo tutti quanti guidavano, mentre loro avevano parcheggiato le auto all'ingresso. In fondo avrebbero potuto immaginarselo.

«Ma è grandioso qui!» Tanja aveva sul viso un'espressione reverenziale mentre si guardava attorno attentamente. «Questi scenari – qualcuno li deve pur tracciare. E se magari potessi proporre al mio prof di costruire una cinecittà una volta?»

Axel ghignò. «Potresti convincere un elefante a volare... Quindi quello non dovrebbe essere un problema.»

«Invece sì. C'è una specializzazione in 'Scenografia – Spazio scenico'. Potrebbe passare là l'idea. Ma è solo per teatro ed esposizioni, non per sfondi cinematografici.» Tanja con dubbi interiori – questo era qualcosa di completamente nuovo. Perciò aveva chiesto la sua opinione sul proprio progetto? E lui aveva mostrato così poco entusiasmo; era certamente delusa da lui.

Dieci minuti dopo raggiunsero un vicolo con facciate di legno a due piani: la città del west. «Se avessimo un progetto così al seminario di progettazione, forse verrebbe persino costruito. Per una volta sarebbe qualcosa di solido.»

Micky la prese sottobraccio. «Ma niente di particolarmente duraturo.» Hm; suonava male. Sperò che ora non pensasse che lui volesse dissuaderla. «Come noi con i nostri mondi cibernetici. Solamente virtuali per l'eternità.» Non che questo fosse meglio, probabilmente; preferì non dire più niente.

La strada davanti a loro sembrava composta di terreno sabbioso battuto, ma di sicuro lì sotto c'era una vera strada asfaltata. Lo strato di sabbia superiore veniva fatto mulinare da raffiche di vento. Da qualche parte erano installati dei mantici che probabilmente all'occorrenza generavano persino una bufera.

Due donne con ampi cappelli con le piume passarono loro accanto in bici. Davanti al saloon parcheggiò un furgone e due uomini vi trascinarono dentro delle casse di bevande. Sul retro dell'edificio c'era un recinto con quattro meravigliosi cavalli relativamente piccoli.

L'ufficio di Kincaid era "all'uscita" della città del west. Un'impertinente impresaria dietro a un computer fece cenno burbera a Chris di entrare nell'edificio dello studio di fronte che era stato affittato per "Los Alamos".

«Gente simpatica qui.» Tanja parlò così forte che l'impresaria dovette sentirla. La ragazza arrossì. Quando Tanja raccontava delle sue riprese televisive, sembrava sempre come se le persone fossero una grande famiglia. Evidentemente su questo set non tutti ne facevano parte. Però adesso l'impresaria sapeva che si aspettavano rispetto.

Micky continuò a ghignare mentre apriva la pesante porta dello studio a Tanja. La splendente luce dei riflettori lo abbagliò dopo qualche passo. Stavano davanti a una sorta di camera con un grande camino aperto in cui ardeva un fuoco. Tuttavia faceva più fresco che all'esterno; l'aria condizionata compensava persino il calore dei riflettori. Nessuna delle cineprese era in funzione; probabilmente stavano ancora provando.

L'uomo in elegante abito nero era Manolo Rioja, il protagonista. Era in piedi accanto al camino con in mano un bicchiere di whisky mezzo pieno e fissava furente un uomo in consunti, sudici abiti da cowboy. Un contrasto impressionante che spiegava al volo il rapporto tra i due uomini. Rioja parlava in spagnolo, l'altro in inglese. Interessante. A quanto pareva ognuno aveva un copione nella propria lingua – che lusso.

Chris aveva trovato Kincaid e ora li guidava oltre la scenografia attraverso uno stretto corridoio in un'altra stanza dello studio. Al centro c'era una grande pedana di legno; altrimenti la stanza era vuota tranne che per un tavolo, sul quale si trovava un piccolo stereo.

Kincaid presentò loro un uomo dai capelli grigi come *assistent director*, dunque assistente alla regia. Jack Harten avrebbe provveduto a tutto quello di cui avevano bisogno. Poi Kincaid scomparve.

Alla parete stavano appoggiati una donna più anziana e un ragazzo e conversavano a bassa voce. Harten volle cominciare le prove senza la seconda coppia mancante e fece loro cenno di avvicinarsi: "Emily" – Beate Schäfer – e "Terence" – Franz Daubert – sarebbero venuti a Los Alamos per la festa da uno dei ranch.

Chris schierò due *squares* per presentare alle due comparse le *calls* con cui sarebbe iniziato il ballo. Fece ballare subito Axel, perché Tanja gli aveva già mostrato a casa le figure previste. Eccezionalmente c'era infatti un ordine di successione fisso. «*Bow to your partners... and promenade... circle to the right...*» Chris non cantava le *calls* come di consueto; era insolito.

Poi Chris chiese alle due comparse di sostituire Lydia e Norbert. L'inizio era abbastanza facile; dopo la seconda ripetizione era soddisfatto e passò alle *calls* successive. Di nuovo fece prima presentare le figure, poi le comparse sostituirono Tanja e Hinnerk.

Delusa, Tanja si appoggiò alla parete accanto a Chris. Che noia mettersi qui a fare questo. Un'opera buona per le finanze del circolo, proprio. Era stato ingenuo credere che avrebbe avuto l'opportunità di conoscere Manolo Rioja.

«Sei un'eccellente insegnante, Tanja. – *Double pass thru.*» Chris indicò Axel, mentre i ballerini passavano l'uno accanto all'altro in cerchio. «Non riesci a convincerlo a entrare nel nostro gruppo? – *First couple go left. Next couple go left.*»

«È più facile che smetta anche con il gruppo di ballo. La sua band per lui è molto più importante.»

«*...and promenade...*» Le coppie camminarono in cerchio a braccetto. E quella Beate si appoggiava spudoratamente sulla spalla di Micky... Se non fosse stata tanto più anziana di lui, avrebbe sospettato quella donna di volerlo rimorchiare. O voleva farlo davvero?

Poi Chris rimandò lei e Hinnerk nei loro *squares* e fece uscire Madeline e Simon Hülter.

Quando iniziarono con la quarta parte delle *calls*, Rioja entrò seguito da una ragazza in età adolescente. Per l'eccitazione a Tanja si ingolfò il respiro e iniziò a tossire.

Rioja era di gran lunga ancora più attraente che nei film; si sarebbe piuttosto aspettata il contrario. I fili argentati nei capelli neri e le tempie brizzolate erano tinti per il ruolo, per farlo apparire come sul finire dei cinquant'anni. Tuttavia era l'uomo più bello che avesse mai visto. E ora lo aveva davanti a sé per davvero.

«Impressionante.» Fissò Rioja e subito mancò l'entrata per il passo successivo. Micky dovette metterla in movimento con una spinta energica. Confuso, tenne la mano sul suo fianco più a lungo del necessario e dopodiché anche lui era in ritardo di mezzo tempo.

Rioja osservava il ballo. La guardava più spesso che gli altri? Continuò a lanciare sguardi verso di lui, ma non riuscì a scoprirlo.

Poco dopo non era di nuovo in sincronia con i movimenti degli altri e arrivò in ritardo al centro dello *square*.

«Dove hai gli occhi?», le bisbigliò Micky all'orecchio quando fu nuovamente accanto a lui. «Concentrati, per favore.»

Lei annuì e distolse lo sguardo da Rioja. Sperava che non si fosse accorto del suo pasticcio. Come sarebbe stato imbarazzante!

Nella successiva pausa dal ballo Rioja andò verso Chris. *«I'm supposed to dance with you. Instruct me, please.»* Ah, quindi lui e la ragazza erano la coppia mancante per il terzo *square*.

Era l'occasione della sua vita! Se ora fosse stata abbastanza veloce da realizzare fatti compiuti... Diede un colpetto a Micky. «Su! Sei il nostro migliore compagno a prestito. Occupati della piccola.»

Micky storse gli occhi. «Il prestito per te diventa un'abitudine. Questo cosa deve dirmi?»

Gli fece un sorrisetto. «Che sono generosa? Che non conosco la parola gelosia?»

Scoppiò in una risata. «Come se quella ragazza potesse anche solo vagamente competere con te.» Immediatamente arrossì e si voltò velocemente verso Chris. «Dicci!»

Chris lo fece rimanere al suo posto e gli mandò la ragazza. Tanja passò ad Axel nello *square* in cui doveva ballare Rioja. Meglio di così quasi non poteva andare. Represse a stento il ghigno che voleva allargarsi sul suo viso.

Poco dopo Rioja era accanto a lei nel cerchio e al *"circle left"* le prese la mano. Le sue dita erano ruvide, come se facesse regolarmente lavori manuali. Come si faceva i calli uno come lui? Lo squadrò più a fondo. I suoi capelli neri erano pettinati con la riga in mezzo, cosa che gli dava un aspetto molto fuori moda. L'ombra di barba scura di certo era autentica; ma ultimamente aveva portato anche i baffi o quelli erano incollati? Era da un po' che aveva visto un'intervista con lui. In Germania era poco conosciuto; raramente c'erano ancora western al cinema.

Beate, Franz e la ragazzina, che si chiamava Ana e veniva da Madrid, si fecero mostrare ancora una volta alcuni passi dopo la fine del tempo stabilito per le prove. Però Rioja se ne andò prima che Tanja potesse rivolgergli anche solo una parola. Perché aveva così fretta? Ma era lui la star; certamente poteva organizzarsi le prove come riteneva giusto.

Micky la afferrò per la spalla e così la strappò ai suoi pensieri. «Andiamo.»

Chris agitò invitante la sua chiave della macchina, l'altra mano attorno alla vita di Madeline.»Per oggi qui abbiamo finito. Ci vediamo venerdì al circolo.»

«Andate pure; voglio dare ancora un'occhiata qui.» E non voleva avere Micky tra i piedi. «Carola, tu che fai?»

Ovviamente Carola non la piantò in asso; in fondo era la sua migliore amica. Però il giro era noioso. Un edificio dello studio dopo l'altro; quelli a Tanja non interessavano. Ulteriori scenografie che le ricordavano l'Arena di Verona, dove gli scenari rimanevano fuori anche quando non erano utilizzati. Nessuna traccia di Rioja. Alla fine si arrese e andarono in direzione dell'uscita.

Carola si fermò di colpo. «Guarda là. Una coda come davanti all'ufficio di collocamento.»

«E questo lo è; in un certo senso.» Sulla porta d'ingresso c'era "Ufficio casting".

Continuarono a gironzolare. Carola indicò l'enorme manifesto appeso sul successivo edificio dello studio. «Impressionante!» Aveva più l'aspetto di un dipinto che di un manifesto di un film e mostrava una battaglia di un'epoca in cui c'era ancora la cavalleria. Una di quelle scene di massa.

Scene di massa! Era geniale! Tanja si fermò. «Vieni; ho un'idea!» Afferrò Carola per il braccio e tentò di tirarla indietro verso l'ufficio casting.

Carola si oppose alla stretta della sua mano. «Cos'hai in mente?»

«Voglio scoprire qualcosa.»

Carola le scostò la mano. «Se ti comporti in modo così misterioso, non vengo.»

«Forse hanno bisogno di ancora più comparse per 'Los Alamos'.» Di sicuro allora avrebbe trovato un'opportunità migliore per conoscere Rioja che a *square dance.*

«Ma di ballerini ne abbiamo a sufficienza.»

«Non come ballerine. Popolo. Bariste. Che ne so.»

Carola la fissò ancora per un momento; poi le divenne chiaro. Finalmente! «Vuoi proporti?»

«Noi!» Riafferrò Carola per il braccio. «Con un'apparizione da comparsa potresti migliorare davvero meravigliosamente le tue finanze. E in ogni caso è illogico se nessuno degli *square dancer* appare in scena anche in altre occasioni. Quelli ballano a una festa o qualcosa del genere; quindi devono essere le persone che vivono a Los Alamos.»

«Può darsi che tu abbia ragione. Però non dovremmo andare a quell'ufficio casting, ma parlare con Kincaid o Harten.»

«Sei una vera amica, Carola.» Le si gettò al collo euforica. «Hai ragione; allora la probabilità che ci prendano sarà maggiore. In fondo quelli dell'ufficio di collocamento non hanno mai idea di niente.»

«C'è solo un problema: 'noi', non è possibile. Non posso giocarmi il posto di apprendista.»

«Però puoi servirti dei soldi!» La guardò implorante. «E poi comunque l'apprendistato non ti diverte.»

«Ma il lavoro sì.» Prese i capelli di Tanja e tirò fuori una ciocca dall'acconciatura. «Senza di me avresti una testa così chic? – Solo lo stipendio.» Carola sospirò. «E le clienti.» Strinse le labbra. Tuttavia la seguì.

Tornate nello studio trovarono Kincaid. Ancora una volta divertito dall'entusiasmo di Tanja, acconsentì. Comprese anche che Carola aveva dei dubbi a causa del suo posto di apprendista, eppure avrebbe recitato volentieri anche lei. Trovò una soluzione anche per quello: Carola aveva regolarmente almeno un giorno libero durante la settimana.

Tanja esagerò con disinvoltura la sua scarsa esperienza televisiva e ottenne una scena da solista: nel ruolo di una giovane figlia di un fattore, Tanja doveva fare acquisti a Los Alamos. Più avanti, durante l'attacco alla festa, sarebbe caduta vittima di una freccia indiana. Purtroppo non doveva morire tra le braccia di Rioja; ma per quello le sarebbe venuto in mente ancora qualcosa.

Carola ottenne una scena nel bar dove una ragazza era stata smarrita per un incidente.

4

Caldo e stretto: tre ore prima dell'inizio delle riprese stabilito, Tanja entrò nel camerino per le comparse, Carola intimidita dietro di lei. L'aria era soffocante; non c'era una finestra e pareva chiedere troppo dell'aria condizionata in quella giornata estremamente calda.

Due donne aiutavano altre ad allacciare corsetti e infilare vestiti. Altre tre sedevano davanti a grandi specchi. Una si stava togliendo il make up; le altre due venivano truccate mentre contemporaneamente due acconciatrici appuntavano loro in alto i capelli e li arricciavano. Nessuna aveva l'aria che fosse suo compito organizzare qualcosa lì.

«Fate posto per favore!» Una giovane donna spinse attraverso la porta un attaccapanni pieno di vestiti.

Tanja si allontanò di un passo di lato e urtò contro una sedia. «Senta...» Prese la donna per il braccio. «Siamo nuove; chi è responsabile qui?»

La donna lasciò l'attaccapanni. «Chi siete?»

«Sono Tanja Walters e...»

La donna la interruppe con uno sbuffo. «Chi siete! Non come vi chiamate.»

«Oh, sì.» Ma come poteva essere così sbadata; il suo viso cominciò a bruciare per l'imbarazzo. «Sono Susan Miller, la figlia di un fattore, e Carola... è la barista Daisy.»

La donna si girò verso Carola e la squadrò dalla testa ai piedi. «Taglia 46?» Carola fece una faccia come l'avessero picchiata. Di certo le scocciava non aver di nuovo tenuto duro con la dieta. «Là sono appesi i vestiti per le ragazze. Dev'essercene uno che ti va bene.»

Carola andò verso le grucce alla parete e iniziò a valutare i vestiti.

«E tu, Tanja, – sei Susan? Il tuo costume lo prendo dal materiale scenico. Intanto spogliati.» Prima di andarsene, si rivolse a una delle acconciatrici e le spiegò cosa doveva fare con Tanja e Carola.

Mentre Carola veniva truccata, pareva interessarsi più alla donna che acconciava Tanja che al proprio make up: osservava attentamente ogni mossa con cui l'acconciatrice dava ai capelli di Tanja, solo semilunghi, l'impressione di più volume e lunghezza. Di nuovo, Carola non osava certamente aprire bocca, nonostante Tanja le facesse cenni incoraggianti col capo.

Perciò iniziò lei stessa a interrogare l'acconciatrice: appresero che aveva un impiego fisso a Babelsberg ed era responsabile delle comparse. Le star portavano spesso con sé il proprio personale, perché al loro aspetto e allestimento ovviamente veniva dedicata molta più attenzione.

Un'ora più tardi erano acconciate e truccate e infilate nei loro costumi. Sopra a tre sottogonne Carola portava un vestito blu marino con profonda scollatura e molte balze. Alla prima occhiata al vestito, Carola aveva imprecato senza ritegno, ma sorprendentemente non la faceva sembrare grassa, ma più femminile. Invece Tanja aveva un'aria povera nel suo semplice vestito di lino grigio; però il cappello che doveva portare era carino.

La scena di Tanja prevedeva che "Susan" consegnasse la lista della spesa nell'emporio e poi volesse far entrare il suo cowboy affinché caricasse. Lo avrebbe trovato nel saloon, cosa che si era aspettata. Ma non che fosse in procinto di andare in camera con una ballerina. La conseguente lite con il cowboy sfociava poi in una scazzottata generale.

Carola si sedette sulla panca davanti all'ufficio dello sceriffo, mentre venivano provati gli esterni per la sequenza con Tanja. Davanti all'emporio si trovava il carro di "Susan" con il cavallo. Evidentemente era lì anche solo per aiuto temporaneo, perché reagiva in modo sempre più irrequieto al lavoro di ripresa.

Il compito di Tanja per l'inizio della scena era semplicissimo: doveva – invisibile alla cinepresa – aprire dall'interno la porta del negozio. Poi si sarebbe fermata brevemente sul marciapiede, guardata intorno in cerca del cowboy, avrebbe sceso i gradini con le gonne raccolte continuando a cercarlo con gli occhi e successivamente attraversato la strada verso il saloon.

Tanja entrò nell'emporio. Nella vera Los Alamos di sicuro non faceva più caldo che qui a Babelsberg. Se non avesse indossato dei guanti, probabilmente le sue dita sudate sarebbero scivolate via dal pomello della porta difficile da maneggiare. Dovevano allestire l'ambientazione in modo così autentico che anche all'interno rinunciavano alle maniglie? Con una certa fatica aprì la porta.

Nel momento in cui "Susan" lasciò l'emporio, Manolo Rioja uscì dall'ufficio dell'impresario. "Susan" si bloccò di colpo e fissò a bocca aperta nella sua direzione. La vedeva?

«Che succede, ragazza?», gridò Jack Harten spazientito.

"Susan" guardò verso di lui, poi posò di nuovo lo sguardo su Rioja. Serrò la bocca e scese come previsto i due gradini verso la strada. Intanto doveva guardarsi intorno in cerca del suo cowboy, ma il suo sguardo era incollato su Rioja.

«Stop! Un'altra volta da capo!» Jack gesticolò con entrambe le mani e la rimandò dentro l'emporio.

Sospirando, lei si voltò ed entrò.

"Susan" lasciò nuovamente l'emporio. Rioja era scomparso. Scese i gradini e si guardò intorno cercandolo. Dove poteva essere andato? In mensa forse? Frustrata, aggrottò la fronte.

«Molto bene, ragazza! Questa è esattamente l'espressione giusta sul tuo viso. – Va' avanti!»

Confusa, sbatté le palpebre verso Jack. Poi capì cosa doveva fare.

"Susan" picchiò il pugno sinistro nel palmo della mano destra; poi raccolse le sue gonne e si diresse a grandi passi in direzione del saloon.

«Fin qui. – Camera!» Jack fece un sorrisetto a "Susan". «Ma non dimenticare la tua espressione!»

Carola sulla panca di fronte ridacchiava con la mano davanti. A volte avrebbe potuto strozzarla.

Malgrado girassero all'aperto, vennero accesi in più i riflettori per assicurare la giusta illuminazione. L'operatore si portò in posizione; Helen, la segretaria di edizione, si fece avanti con il ciak.

"Susan" ritornò nell'emporio.

"Susan" uscì un'altra volta e si guardò attorno cercando. Poi fece i passi previsti giù per i gradini e continuò a guardarsi intorno. Ancora nessuna traccia di Rioja. Le sue spalle sprofondarono.

Di fronte, Carola gesticolava impetuosamente con le braccia e faceva delle smorfie. Ma che aveva?

Jack fece fermare la cinepresa. «Va bene, ancora una volta.»

"Susan" se ne stava lì come un cane bastonato.

Lui venne da lei e le batté sulla spalla. «Non c'è problema, ragazza. Sei ancora del tutto nuova, non è vero? Come ti chiami realmente?»

«Susan... ehm, Tanja...» Era completamente confusa.

«Dunque, Tanja. Immagina che il tuo amico ti abbia dato buca. La metro sciopera e ora devi andare a casa a piedi. Come ti sentiresti allora?»

Strinse gli occhi a fessura. «Beh, gliela farei vedere io!» Piantò i pugni sui fianchi. «Gli darei il benservito.» Per niente vero: a Micky avrebbe potuto perdonare tutto – solo che lei non si sarebbe mai trovata in quella situazione.

«Esatto! E con questo pensiero entri nel saloon – per licenziare Gary.»

Sollevata, scoppiò in una risata. «Mi farò venire un paio di pensieri omicidi.»

Malgrado questo ci volle ancora un po', tuttavia finalmente la scena fu in quadro. Come prossima scena era prevista la scazzottata nel saloon. Ci sarebbe voluta una mezzora affinché il luogo dell'azione fosse illuminato. Lì inoltre Carola aveva la sua prima comparsa; chissà se dopo avrebbe ancora ghignato così?

Tanja si tolse i guanti umidicci. «Adesso ho bisogno di un caffè! Se ci sbrighiamo riusciamo ad andare e tornare in tempo.»

Carola indicò due uomini che passarono loro accanto pedalando placidamente. «La prossima volta prendo la mia dueruote.»

«Buona idea; prendiamo la ferrovia urbana. Da Griebnitzsee non è più distante fino a qui.»

Un po' scostata dalla città del west trovarono una tavola calda con self-service.

Quando Tanja aprì la porta, boccheggiò sorpresa e dovette ricordarsi espressamente di richiudere la bocca. Accanto alla finestra, nell'angolo più appartato, sedeva Manolo Rioja ed esaminava il suo cellulare.

Nervosamente lei lanciò un'occhiata all'orologio sopra il bancone. Avevano impiegato quasi dieci minuti per fare la strada e al distributore di caffè c'era una coda di cinque persone.

Carola superò le persone in attesa e andò dritta verso il distributore. «Dobbiamo tornare subito sul set. Se poteste risparmiarci l'attesa?» Sfoggiò il suo miglior sorriso e sbattè le palpebre guardando l'uomo che era il prossimo nella fila. Per quanto riguardava il flirtare, era una magnifica attrice. Vista così, probabilmente non avrebbe avuto difficoltà col suo ruolo di "Daisy".

L'uomo alzò le spalle. «Beh...» Si voltò verso gli altri. «Se non avete nulla in contrario, lasciamo prendere alle due ragazze il loro caffè.»

«Molte grazie.» Carola sollevò così in alto la sua gonna che potevano vedersi le caviglie; poi fece una riverenza pienamente conforme a quell'epoca. «Sì, nel selvaggio west gli uomini sapevano come si tratta una signora.» Anche al successivo regalò un civettuolo battito di ciglia.

Il ragazzo scoppiò in una risata. «Lo sappiamo ancora. Dammi l'opportunità e te lo dimostro.»

Mentre Carola seguitava il suo flirt, Tanja si mise al distributore e gli fece produrre due cappuccini grandi. Porse una tazza a Carola, si guardò intorno come se cercasse un posto e poi andò difilato verso il tavolo a cui sedeva Rioja.

Posò la tazza e tese la mano verso di lui. «Domani ho una scena con Lei», disse in inglese. «Mi chiamo Tanja – nella vita vera.» Gli sorrise.

Lui annuì. «Mi ricordo di Lei; abbiamo ballato insieme.»

Senza chiedere, si sedette di fronte a lui. «Ho visto tutti i Suoi film, *señor* Rioja. Anche quelli che ha girato per la televisione spagnola.»

«Allora posso forse considerarLa mia fan.» Si sporse verso il tavolo vicino e prese un tovagliolo di carta dal portatovaglioli lì sopra. Poi prese una biro dalla sua custodia del cellulare. «Come ti chiami di cognome?»

Lo fissò di nuovo e riuscì solo a fatica a chiudere la bocca. Cosa poteva pensare di lei? Doveva prenderla per un'adolescente immatura, se continuava a comportarsi in modo così stupido.

«Walters», disse Carola alle sue spalle. «Tanja Walters.»

Manolo alzò lo sguardo verso di lei. «Grazie. Sei anche tu mia fan?»

Carola si schiarì la gola e fece un'espressione imbarazzata.

Lui ghignò. «Posso capire. Io stesso mi trovo piuttosto... *loco.*»

Carola scoppiò in una risata, girò attorno al tavolo e si sedette accanto a lui. Quando si allungò per prendere le bustine di zucchero in mezzo al tavolo, la sua mano sfiorò il braccio di Manolo – e questo che significava? Ma lui impassibile dispiegò una volta il tovagliolo e cominciò a scrivere.

Di tanto in tanto sollevava lo sguardo e guardava Tanja. Le venne molto caldo. Che occhi che aveva quell'uomo! Un abisso in cui avrebbe potuto perdersi.

«Eccitante.» Aveva sussurrato, più pensato a voce alta che voler dire qualcosa. Ma Carola alzò le sopracciglia e fece un'espressione preoccupata.

Manolo terminò la sua opera con una firma di slancio e fece scivolare il tovagliolo verso di lei attraverso il tavolo. «Tanja?»

Lei balbettò qualche parola di ringraziamento prima di sporgersi per prenderlo. A ogni parola che leggeva le veniva sempre più caldo. Con voce roca ringraziò ancora una volta.

Le sopracciglia di Carola andavano sempre più in su e prese a Tanja il tovagliolo per leggere anche lei il testo. «Potrei redigerLe uno o due modelli per i Suoi fans tedeschi.» Mise insieme con attenzione il suo inglese. «Non tutti sono in gamba in inglese.» Maledizione, avrebbe potuto arrivarci anche lei!

Lui guardò Carola per un attimo come se dovesse prima decifrare il significato delle sue parole; poi scosse il capo. «Ho un insegnante di tedesco per il periodo in cui giro qui. Lo farà lui.»

Per quattro settimane faceva lo sforzo di imparare il tedesco? Tanja era profondamente colpita. «Quello che inizi lo porti fino in fondo, mi pare.»

Lui annuì. «Il segreto per avere successo.»

Carola sorrise compiaciuta. «Questo spiega molto.»

Manolo la guardò con estremo interesse. Tanja diede un calcio nello stinco a Carola sotto il tavolo. Perché doveva attirare così tanto la sua attenzione su di sé? E gli rubava ogni occasione per conoscere lei.

Carola finì di bere il suo cappuccino. «Ci siamo fatte scritturare come comparse. La nostra pausa è finita.» Si alzò e a Tanja non rimase altro che seguirla.

Quando sulla porta si voltò, il suo sguardo incrociò quello di Manolo. Che la seguiva con lo sguardo – interessante. Allora forse aveva fatto abbastanza un'impressione – e sperava una buona.

Carola la colpì nel fianco. «Ehi, non innamorarti! È qui per quattro settimane. Poi non lo rivedrai mai più.»

Tanja arricciò il naso. «Chi lo sa. Pensi che avrei potuto immaginarmi non solo di vederlo dal vivo, ma anche di conoscerlo veramente?» Allargò le braccia e girò una volta in cerchio. «Tutto è possibile!»

Carola sbuffò sdegnata. «È una star del cinema!»

«E beh? Quattro settimane sono un bel po' di tempo.»

«E poi?»

Sorrise compiaciuta. «Poi avrò qualcosa di cui potermi ricordare. O raccontare ai miei nipoti.»

Carola sbuffò un'altra volta. «Tu sei svitata. *Loco* o come si dice.»

«Ma lasciami il divertimento.» La prese a braccetto. Adesso era venuta davvero l'ora di tornare alle riprese.

«E Micky?»

«Micky?» Per un attimo non seppe cosa rispondere. «Questo non ha niente a che fare con Micky. E non è nemmeno affar suo.»

Carola la guardò come se la prendesse per matta ancor più di prima.

5

A causa degli *square dancer* che lavoravano, il primo giorno di riprese venne fissato per un sabato. Tanja e Axel questa volta andarono con la ferrovia urbana e la bicicletta. Il tempo era davvero troppo bello per straziare la Avus come parte della valanga di auto del fine settimana. Lo aveva detto anche a Micky, quando le aveva offerto di passare a prendere Axel e lei. Ma soprattutto lei voleva poter andare e venire a suo piacimento.

L'esibizione degli *square dancer* apparteneva a una sequenza lunga ed estremamente drammatica: una festa a Los Alamos, a dispetto della guerra con i messicani. Mentre in lontananza rimbombano i cannoni della battaglia, accompagnati da *fiddle* e concertina, gli indiani alleati con i messicani si avvicinano di soppiatto e piombano sulla città. La festa termina nel sangue e nel fuoco. Degli *square dancer* del Club di Danza Lietzensee, Lydia, Norbert, Chris e Tanja erano previsti come cadaveri.

Le graziose *petticoat* con cui abitualmente si esibivano non erano ovviamente adeguate all'epoca. Perciò alla prova del martedì avevano portato con loro i costumi da *square dance* con le gonne lunghe; ma anche quelli erano stati completamente scartati dalla costumista. Persino gli abiti degli uomini aveva trovato non in stile: dal taglio troppo moderno. I costumi che al posto di quelli portò alle ballerine quella mattina erano meno vivacemente colorati e costituiti da lino e cotone relativamente grezzi. Almeno le camicette avevano qualche pizzo. Era difficile da credere che le donne a Los Alamos non si vestissero in modo più carino per una festa.

«Pretendiamo di coltivare le tradizioni, e poi una cosa così!» Carola scrutava nello specchio come l'acconciatrice abilmente le appuntava in alto i capelli e poi tirava fuori e arricciava singole ciocche. «Però neanche questo mi pare essere in stile. Di certo nel selvaggio west nessuna donna si prendeva il tempo per un tale fatica. Già solo finché l'arricciacapelli non era caldo! Una crocchia e via.»

L'acconciatrice rise. «I vestiti costavano denaro, cosa che le donne spesso non avevano. I capelli lunghi, invece...»

«O qualche nastro colorato.» Tanja prese dalla sua toeletta un nastro di velluto blu e lo tenne davanti al naso di Carola. «Come nascondete la ciocca rossa di Madeline? Con uno spray?»

Madeline sventolò un cappellino come lo aveva portato Grace Kelly in "Mezzogiorno di fuoco". «Non deve cadermi dalla testa.» Ma probabilmente di quello non c'era pericolo: il cappello aveva grandi nastri con cui veniva legato saldamente di fianco al mento.

Quando in seguito Tanja uscì fuori con Carola e Madeline, Manolo misurava a grandi passi la scena insieme a Chris. Sul *sidewalk* lì accanto sedeva il *fiddler* e scribacchiava con una matita sul suo spartito.

Manolo era abbigliato nello stile di un ricco *haciendero* messicano: abito nero, cravatta a farfalla con le estremità che penzolavano lunghe e una camicia bianca con le balze. Nessuna arma. In quanto spagnolo, anche esteriormente era perfetto per il suo ruolo: l'*haciendero* in questa guerra si trova tra i due fronti e a lungo se ne tiene fuori. Ma l'assalto a Los Alamos l'avrebbe reso consapevole che deve decidersi.

Jack impartiva istruzioni a una giovane donna che apponeva dei segni col gesso per la prova tecnica. Il sorriso gli si allargò quando il suo sguardo cadde su Tanja. «Di sicuro l'acconciatura è ancora opera di Carola.»

Carola guardava in basso e si torceva le dita.

Tanja ghignò. «Acconcia sempre i capelli all'intero nostro gruppo.»

Lui indicò verso il centro della strada. «Chris sa dove vi dovete posizionare prima che il ballo cominci.» Poi andò verso la moglie del pastore di Los Alamos.

Gli occhi di Madeline sfavillarono, come sempre quando Chris veniva anche solo menzionato da qualcuno. Andò verso la pedana da ballo.

Carola trattenne Tanja quando volle seguirla. «Non mi rendi certo popolare, se dici a tutti che vi acconcio i capelli.»

«Vuoi dire che in questo modo offenderei le acconciatrici?» Alzò le spalle. «Ma se tu lo sai fare altrettanto bene! Quelle poverine hanno così tanto da fare; possono essere felici che tu tolga loro una parte del lavoro.» E Carola doveva rallegrarsi che lei la mettesse in buona luce. Non aveva ancora notato quale opportunità le si offriva qui? Era davvero troppo timida; ma perché? Era proprio brava!

Chris allungò un braccio verso Madeline e la tirò a sé. Subito dopo la baciò come se non si fossero visti per una settimana.

Chris impegnato; quella era l'occasione! Tanja prese Manolo a braccetto. *«Chris is supposed to explain, what we have to do. But now he's busy...»* Diede a vedere una fossetta maliziosa e gli chiese di mostrarle al posto di Chris cosa doveva fare.

Intorno agli occhi di Manolo si formarono mille piccole rughette quando ricambiò il suo sorriso. Si voltò verso Carola e le fece cenno di avvicinarsi. «Ve lo spiego io.»

Tanja sollevò le sopracciglia ammonitrice. Carola le fece il piacere di non fare smorfie e rimase mezzo passo indietro mentre andavano al *sidewalk*.

Micky lasciò il camerino insieme a Norbert. Mentre percorrevano la *Main Street* di Los Alamos, Kincaid uscì con un uomo della vigilanza antincendio da una viuzza laterale. Alla fine di essa si trovavano due autopompe. Di fatto qualcosa doveva bruciare, quando gli indiani nel pomeriggio incendiavano la città. Allora qualcuno doveva fare attenzione che il fuoco non finisse fuori controllo.

L'inconfondibile risata di Tanja risuonò dall'altra parte della strada. Era appesa al braccio di Rioja e lo fissava con gli occhi da pesce lesso. Micky strinse i pugni. Avrebbe dovuto procurarsi un ruolo da comparsa come Tanja e Carola; uno in cui potesse battersi – meglio se con Rioja.

Il suonatore sedeva sul *sidewalk* con le gambe a penzoloni e accordava il suo violino... o *fiddle*... o qualsiasi cosa suonasse. Jack Harten e la sua segretaria di edizione discutevano con due uomini in pantaloncini e maglietta. A giudicare dall'abbigliamento, probabilmente appartenevano al servizio tecnico e potevano rendersi la vita sopportabile. Quella mattina nessuna polvere sabbiosa si muoveva lungo la strada. Non c'era vento e faceva già ora un caldo soffocante. Micky si tirava spazientito il colletto della camicia; avrebbe tanto voluto rimboccarsi le maniche.

Norbert fece un fischio di approvazione mentre si dirigevano verso il gruppo attorno a Rioja. «Le nostre ragazze! Chic!» Fece un cenno di saluto col capo a Rioja e Tanja e diede un bacio sulla guancia a Carola prima di prenderla a braccetto e poi salutare anche Madeline.

Micky strinse furente gli occhi, mentre il suo sguardo andava avanti e indietro tra Tanja e Rioja. Come mai lui l'aveva presa sottobraccio in modo così confidenziale? «Cosa stiamo aspettando?»

«Veniamo pagati alla giornata. Per noi può essere indifferente cosa facciamo in questo lasso di tempo.» Con un movimento della testa, Carola indicò Jack che in quel momento veniva sequestrato da Kincaid. «Sapranno quello che fanno...»

Un tecnico delle luci venne verso di loro. «Manolo, dove sarai sulla pedana da ballo?» Il suo inglese era perfetto. Probabilmente era una condizione per tutti quelli che erano impiegati lì.

Rioja ritirò il braccio da Tanja e seguì l'uomo su per i gradini.

«Ma che fai?», sibilò Micky contro di lei quando Rioja fu fuori portata d'orecchio.

«Di che parli?»

Lui sbuffò indignato. «Del fatto che ti getti al collo di Rioja.»

«Micky, ma per chi la prendi?» Carola piantò le mani sui fianchi.

Madeline rideva a singhiozzi. «Aspettate fino alla prova. Allora potrete mettervi in mostra senza ritegno.» Allontanò un po' Micky da Tanja. «Datti una calmata. Siamo qui per divertirci e fare un po' di quattrini per il circolo.»

«Divertirci!» Il viso di Micky cominciò ad ardere per la rabbia. «Non è più divertente!» Si strappò via lo Stetson dalla testa e lo scagliò contro la balaustra del *sidewalk*. Lentamente il cappello proseguì veleggiando fin sulla strada. Con sua estrema soddisfazione finì subito dopo sotto gli zoccoli di un cavallo.

Chris si girò verso di loro, un punto interrogativo sul viso. Probabilmente aveva notato che qualcosa bolliva in pentola. «Ma che avete improvvisamente?»

Micky lo fulminò con gli occhi e sbuffò indignato. Chris doveva piuttosto badare alle ragazze.

«Prenditi un nuovo cappello dal materiale di scena. Il tuo adesso te lo puoi proprio scordare.»

Micky sbuffò un'altra volta. «Non ho bisogno di un nuovo cappello.» Raddrizzò le spalle e se ne andò pestando i piedi.

«Micky!»

Ignorò deliberatamente il richiamo di Chris. Aveva chiuso con quel circo lì.

Sconcertata, Tanja fissò Micky che si allontanava. Cosa gli saltava in mente di darsi tutte quelle arie?

Chris si rivolse a Madeline. «Cos'è successo?»

«Dopo!» Diede un colpo a Tanja. «Vai a riprenderlo.» Come se a Micky importasse cosa diceva lei.

«Lo faccio io», disse Carola rapidamente e corse via.

Norbert esitò un momento, poi la seguì.

«Non concluderanno nulla.» Madeline strinse le labbra snervata. «Tanja, è compito tuo ricondurlo alla ragione!»

Pestò i piedi. «Non ci posso fare niente se Micky molla le riprese.» Madeline la guardò come fosse di un'altra opinione.

Manolo saltò giù dalla pedana da ballo e venne verso di loro. *«Let's start!»* Fece un cenno esortativo col capo verso Chris e Jack.

«Everybody leave the scene.» Tutti coloro che non avevano niente da fare nella scena andarono dietro le cineprese.

Chris guardò indietro verso la fine della strada dove erano spariti i tre *square dancer* mancanti. C'era una ruga verticale tra le sue sopracciglia, quando guardò di nuovo Tanja. «Schieratevi!»

Salirono i cinque gradini verso la pedana da ballo. Tanja sbarrò la strada a Bettina con disinvoltura e si mise accanto a Manolo. Bettina la guardò basita e si accontentò di Axel.

«Chi manca?» Helen indicò il vuoto nello *square* di Madeline.

«Nessun problema.» Chris esitò un attimo. «Facciamo la prima prova senza questi tre.»

«Tre?» Helen suonò scioccata. Voltò la testa di qua e di là alla ricerca. «Cosa stanno facendo?»

«Tornano subito!» La voce di Chris non tremò, ma la ruga

sulla fronte mostrava la sua apprensione. Tuttavia diede l'attacco al *fiddler*, piantò le mani sui fianchi e dopo le prime battute cominciò con le sue *calls*.

«...*Half sashay.*» Tanja lasciò la mano di Manolo e ballonzolò dall'altro lato così vicina a lui da sfiorarlo con la gonna. Quella mattina aveva usato apposta un forte profumo esotico. «...*Swing your girl.*» Tenne la testa tanto vicina al suo viso quanto era possibile senza dare nell'occhio. Tanja era solo un paio di centimetri più bassa di Manolo e il suo respiro le accarezzava la fronte. Dopo la giravolta avrebbe potuto baciarla, ma probabilmente non voleva. Però il copione gli concedeva qualche libertà. Lei non poteva mostrarsi davvero più seducente senza che gli altri lo notassero.

Carola e Norbert arrivarono all'angolo della strada. Cominciarono a correre; subito dopo stavano trafelati davanti alla pedana da ballo. Norbert allungò le mani in un gesto di impotenza. «Micky è andato via!»

«*Darn!*» Chris strinse gli occhi furente. «Venite su. Ripetiamo mentre rifletto.» Ma ovviamente non c'era molto da ponderare; avevano bisogno immediatamente di un sostituto di Micky per salvare la giornata di riprese.

Non fosse stato per il vuoto nello square, la prova sarebbe andata alla perfezione. Madeline sembrò sull'orlo del pianto quando Chris dopo la ripetizione scese dalla pista da ballo per informare Jack che mancava loro un ballerino.

«Perché non l'ha detto subito?» Per il momento Jack sembrava più perplesso che arrabbiato.

«Perché venti minuti fa il signor Hassloff era ancora qua.» Già venti minuti? Adesso per Micky sarebbe stata proprio ora di tornare; ormai doveva essersi dato una calmata.

Jack si fregò il mento. «Cos'è successo?»

«Non lo so con esattezza.» Chris alzò le spalle. Questa poteva passare ancora per la verità. «Si è sentito male.» Beh, anche questo quadrava in qualche modo. «Perciò non poteva rimanere.» Chris se l'era cavata senza un'aperta menzogna; ma sarebbe stato di una qualche utilità?

«Abbiamo un sostituto?», chiese Jack alla sua segretaria di edizione.

Helen scosse la testa.

Dopodiché si rivolse ancora a Chris. «Abbiamo un sostituto?»

Chris estrasse il cellulare dalla tasca dei pantaloni e sfogliò la rubrica.

Jack lo osservava con malumore palesemente crescente. «Quanto Le ci vuole per far venire qualcuno?»

La risposta di Chris fu troppo bassa per capirla da sopra la pedana da ballo. Jack si spostò un paio di passi in disparte con Helen e parve discutere con lei. Chris si morse il labbro inferiore; poi digitò un numero sul suo cellulare.

Madeline lanciò a Tanja uno sguardo furente. «Ci hai cacciato tu in questo pasticcio con quel tuo flirtare», sibilò. «Hai idea di quanto costerà al circolo se il contratto salta?»

Tanja alzò le spalle; cosa poteva succedere? Di sicuro Chris conosceva qualcuno in un altro circolo che era pronto a intervenire. Ma il suo volto si incupiva sempre di più mentre telefonava. Forse avrebbe dovuto davvero provare a fermare Micky. Ma poi perché lui doveva comportarsi in modo così idiota. Era semplicemente infantile che lui non permettesse il suo flirt con Manolo.

Jack venne al bordo della pista da ballo e si rivolse ai ballerini. «Abbiamo un'altra soluzione per il momento. Per voi la giornata di riprese è finita. Il prossimo sabato alle otto sarete di nuovo qui, per favore. Tutti!»

Con una lunga imprecazione in spagnolo, Manolo saltò dalla pedana da ballo e corse nell'ufficio dell'impresario.

Madeline soffiò lentamente l'aria dalla bocca. «Per allora speriamo che Micky si sia dato una calmata. Vero?»

Norbert le batté sulla spalla. «Micky non è uno che ci pianta in asso.»

«Oggi l'ha fatto!» Tanja emise un ringhio rabbioso.

Madeline la fissò come se avesse qualcosa da dire in proposito. Ma poi sospirò soltanto e scese verso Chris.

«Facciamo i bagagli, gente.» Chris rinfilò in tasca il cellulare.

Tanja precedette gli altri nel camerino e si cambiò in silenzio. Quando uscì di nuovo all'aria aperta, Manolo stava con un Kincaid furente davanti a Chris e Jack. Kincaid parlava forte, ma il suo inglese aveva uno slang così difficile che lei non capiva praticamente nulla.

Anche Chris adesso sembrava furente.

Madeline uscì dalla porta dietro di lei e si fermò. «Io aspetto Chris.»

Carola superò Madeline e prese sottobraccio Tanja. Ma lei se ne accorse a malapena. Con lo sguardo seguiva Manolo che andava verso il saloon. Non l'aveva più guardata dopo che era finita la prova.

Dietro la porta a vento lui si fermò. Una bellezza dai capelli neri gli andò incontro così velocemente che doveva averlo aspettato. Spalle abbronzate sopra l'orlo di un top rosso sgargiante senza spalline. La porta a vento celava il resto della sua figura; di certo era mozzafiato. Stava davanti a lui in sandali bassi argentati con i piedi leggermente divaricati e posava le mani sulle sue spalle.

«Ha l'aspetto di un'altra star», commentò Carola asciutta.

«E allora!» Manolo era continuamente assillato da chissà quali donne che volevano essere viste con lui. Ma nessuna era ancora riuscita a essere fotografata con lui per più di due volte. «Verosimilmente una di quelle groupie! Pensi forse che non abbia nessuna chance contro di lei?»

«Ma Tanja!» Carola suonò scioccata. «Come groupie?»

Tanja si mise in moto in direzione del saloon e tentò di tirare con sé Carola.

«Dove vuoi andare?» Carola si liberò da lei.

«Pensavo che volessimo andare?» Alzò le spalle; poi proseguì da sola.

Ma prima che raggiungesse il saloon, Manolo scomparve dal suo campo visivo insieme alla bruna. Ora non c'era più modo di avvicinarsi senza dare nell'occhio. Brontolò frustrata.

L'attimo successivo, Carola era di nuovo accanto a lei. «Abbiamo cose più importanti da fare. Vedi di raggiungere Micky e ricondurlo alla ragione.»

Perché tutti la ritenevano responsabile del casino che aveva combinato Micky? Tanja si gettò lo zaino sulla spalla e prese la sua bici. Poi si avviò verso la ferrovia urbana senza aspettare Axel.

Non avrebbe chiamato Micky, garantito – in fondo, che cosa doveva dirgli? Doveva forse supplicarlo? O mentirgli per calmarlo?

6

Quando martedì pomeriggio Micky entrò nel Club di Danza Lietzensee, George Lagrange stava a gambe larghe davanti alla porta dell'ufficio. Di lui non aveva tenuto conto; non era mai stato lì tanto presto di martedì. Ma in fondo era indifferente; se gli torceva il collo solo Chris o anche George... In ogni caso era una scemenza venire all'allenamento oggi. Però non era uno che si tirava indietro.

Quasi tutto il gruppo era già lì. Tanja mancava – ancora? E quando veniva; allora cosa? Forse doveva proprio rinunciare all'allenamento, finché non finiva tutto quel circo delle riprese. Se la sarebbero cavata anche senza di lui.

Madeline scivolò dal suo sgabello del bar e alzò un braccio. «Micky, siamo qui.» Come se lui non l'avesse visto. Probabilmente non sapeva nemmeno lei cosa doveva dire. Anche Chris era già là, un bicchiere vuoto in mano.

Il chiacchiericcio degli *square dancer* tacque di colpo; uno dopo l'altro guardarono verso di lui carichi di aspettativa.

Micky sorrise per un attimo dell'entusiasmo di Madeline. Poi strinse le labbra con furia e guardò George. «Con te non ho nessun appuntamento, George.»

In effetti George lo lasciò andare al bar senza commentare; ma gli andò dietro. Micky tentò di ignorarlo. «Se la nostra compagnia non fosse tanto importante per me, non sarei venuto, Chris.»

Tirò a sé uno sgabello del bar e si appoggiò con un gomito sul sedile. Marga Fischer, dietro il bancone, gli porse interrogativa una bottiglia di birra. L'impiegata doveva sempre fare la buona samaritana? Adesso non voleva nessuna birra.

«Ma?» Madeline parve faticare a non soffiargli contro. «Quando uno comincia così, c'è sempre un 'ma'.»

George rimase a un paio di passi di distanza, palesemente teso. «Vuoi la *square dance* nel nostro circolo? E rovini la vostra e la nostra reputazione?»

Micky sbuffò. «Chi rovina davvero di più la nostra reputazione? Un ballerino che è indisposto o una ballerina che si comporta come una groupie?»

Madeline sollevò la mano. «Micky, questa era un'offesa.» La nota ammonitrice nella sua voce era evidente. «Se tale comportamento prende piede tra noi, il gruppo se ne andrà rapidamente in pezzi.»

D'improvviso ebbe una sgradevole sensazione allo stomaco: se qualcuno lo avesse riferito a Tanja, poi cosa avrebbe pensato di lui? «Io... Io stimo Tanja. Non vorrei mai offenderla.»

«Allora perché lo fai?», chiese Chris. «Cosa credi di ottenere con il tuo comportamento infantile?»

Che Tanja rinsavisse. Micky alzò le spalle; era inutile rispondere a una domanda provocatoria.

«Il circolo ha stipulato un contratto.» George digrignò i denti. «Tu hai la responsabilità nei miei confronti che lo rispettiamo.»

Micky si girò di scatto furente. «Mi minacci, George? Non puoi minacciarmi. Va' al diavolo!»

«Credi che io non possa?» George cominciò a diventare rosso. «Ti sbatto fuori dal circolo se sabato non ti ripresenti a Babelsberg.» Furibondo, strinse gli occhi a fessura. «E ci rimani e fai il tuo lavoro. Ti sei assunto un impegno!»

«L'ho fatto? Beh, e allora! Per quanto mi riguarda l'intero circolo può andare al diavolo insieme a te. Come se al mondo non ci fosse niente di più importante!» Però senza il circolo non avrebbe neanche più visto Tanja; Micky represse un sospiro. Il suo sguardo andò a Chris. «Mi dispiace», disse con voce più pacata. Poi tirò indietro le spalle, si girò e andò verso l'uscita. Gli sarebbero mancati tutti.

«Questo costituisce grave danno materiale al circolo», gli gridò dietro George. Era sul punto di sputare fuoco. «Ti rovinerò!»

Tanja era nella sua abitazione davanti al tavolo da disegno e si premeva le mani sul basso ventre. Dei crampi così dolorosi non li aveva più avuti da anni. Forse doveva telefonare a Chris e disdire l'allenamento. Comunque non si dovrebbe praticare sport in quei giorni. D'altro canto... Non aveva ancora mai disdetto per questo motivo; probabilmente non le avrebbe creduto.

Dopo un'occhiata all'orologio, andò in bagno e prese un analgesico. Quello doveva fare effetto abbastanza tempestivamente da sopportare il pomeriggio di *square dance*. E poi voleva anche sapere se Chris aveva trovato un sostituto per sabato. O se qualcuno era riuscito a ricondurre Micky alla ragione.

Fece bollire una camomilla per calmare lo stomaco, perché era inoltre indisposta. Con il tè sgranocchiò poi di mala voglia una fetta biscottata; subito dopo li rigurgitò entrambi. In effetti era davvero malata. Ma nessuno avrebbe creduto a questa scusa; non dopo il clamore di sabato. E allora come se ne stava lì?

Quando si lavò i denti per sbarazzarsi di quel gusto schifoso, lo specchio le mostrò un cadavere. Orribile! Prima di avviarsi pescò abbondantemente nel vasetto con la Terra d'Africa e in compenso tralasciò l'eyeliner nero.

Ovviamente il bus rimase di nuovo imbottigliato nel traffico e la metro le passò davanti al naso. Quando poi scese, erano esattamente cinque minuti prima delle cinque e mezza. Si affrettò su per la scala mobile verso la strada, ignorò il dolore lancinante alla pancia e si mise al trotto.

Nell'ingresso del cortile che portava al Club di Danza si fermò e prese fiato. La moto di Micky era accanto alla scala d'accesso al piano. Sollevata, respirò profondamente. Di certo era un buon segno per sabato. Norbert pareva avere ragione: Micky non era uno che piantava in asso il gruppo.

Si asciugò la fronte con il dorso della mano, si appiattì i capelli e si armò per l'incontro con lui. Sperava prima di tutto che non ci fosse bisogno di dirgli che Manolo non era nient'altro che un principe azzurro.

Quando passò accanto alla moto di Micky, toccò delicatamente la sella; la pelle nera aveva incamerato il calore del sole. Guidare la moto appariva chic. Avrebbe potuto dire a Micky che una volta sarebbe volentieri sfrecciata con lui sulla Avus, appoggiata contro la sua schiena e con le braccia strette attorno alla sua vita. No, questo non poteva certo dirlo così. Semplicemente: «Micky, una volta posso venire in moto con te? Non mi sono ancora mai seduta su una moto.» Ma magari non aveva affatto un secondo casco e in questo modo lo metteva in imbarazzo. Forse per questo veniva sempre in auto quando passava a prenderla. Meglio non chiederglielo affatto.

Con lo sguardo ancora sulla moto, aprì la porta per la tromba delle scale. Un paio di piani sopra di lei una porta sbatté con uno schianto; poi qualcuno venne giù per la scala correndo.

Micky! Si era chiaramente messo le mani nei capelli e il suo sguardo era cupo. Cos'era successo?

Di colpo si fermò sul pianerottolo sopra di lei. «Tanja!»

«Ciao Micky!» Si sforzò di nascondere la sua confusione dietro un sorriso. «Dove vuoi andare?»

«Non è affar tuo.» Riprese lentamente a scendere la scala. Si era arrabbiato; ma per cosa adesso?

Quando volle passarle accanto, lo trattenne per il braccio. «Ma cos'è successo? Non abbiamo allenamento oggi?» Domanda stupida; Chris avrebbe disdetto per tempo con tutti. Ma in qualche modo doveva indurlo a parlare.

«Voi sì!» Micky si fermò davvero. «Io non ho allenamento oggi. Forse anche mai più.»

Ma che doveva significare? Tanja rimase per un attimo senza parole. «Così e basta? Lasci semplicemente tutto com'è?» Le montò la rabbia quando dopo Micky alzò le spalle e scostò via la sua mano. «Come puoi fare una cosa simile?»

«Come se la *square dance* fosse importante per qualcosa!»

«Non la è?»

Lui si morse le labbra e scosse la testa. In qualche modo non sembrava per niente felice – come se lui stesso non fosse sicuro della sua decisione. «Devo occuparmi dell'università. Riuscire a far funzionare il mio nuovo programma.» Si giustificava; che bello! Forse poteva convincerlo a restare.

«Adesso nelle vacanze di fine semestre?» Con una risata gli fece sentire la sua derisione. «Non sapevo che ne avessi bisogno!»

La fulminò con lo sguardo, furente, però stavolta non raccolse la provocazione: invece di controbattere, di nuovo alzò solo le spalle e continuò a scendere le scale. Scappava semplicemente via?

Tanja ritrovò la parola solo quando lui aprì la porta per il cortile. Piantò le mani sui fianchi. «Se pensi che io ti corra dietro, allora ti sbagli di grosso! Ci sono ballerini a sufficienza che ti possono sostituire.»

Quando la moto di Micky rombò, lei scoppiò in lacrime. Si accovacciò sulla scala e posò la testa sulle ginocchia. Probabilmente ormai gli altri avevano iniziato l'allenamento e si chiedevano se anche lei li avesse piantati in asso. Ma non riusciva a tirarsi su; e poi comunque adesso non aveva più un compagno.

Di nuovo la porta del piano si chiuse sbattendo sopra di lei. George venne giù per la scala. In questa giornata le ci mancava pure il vecchio.

«Tanja, hai visto il tuo compagno?», tuonò attraverso la tromba delle scale.

Tanja si asciugò le lacrime con la gonna e si alzò. «Cosa vuoi da Micky?»

«Lo sbatto fuori!» George era sul punto di esplodere.

«E allora sarai contento che se n'è andato!» Era questo? Micky non se n'era affatto andato a causa sua, ma a causa di George? «Adesso cos'hai combinato ancora?» Un altro litigio perché lui in ogni caso non voleva avere la *square dance* al circolo?

Gli sarebbe piaciuto! E la risposta poteva anche risparmiarsela. Tanja si gettò lo zaino sulla spalla e lo spinse di lato. Salì in fretta le scale per andare all'allenamento.

Micky parcheggiò la moto accanto alla recinzione davanti all'antico "Café Einstein" in Kurfürstenstraße nel quartiere Tiergarten e salì al bar al primo piano. Persino per un venerdì sera era insolitamente pieno; probabilmente nelle vicinanze era appena finito qualche spettacolo.

Passando ordinò una Kölsch grande al bancone e poi si sedette a uno dei tavoli rotondi sulla terrazza. La cameriera lo seguì quasi immediatamente con la birra.

Fissò di malumore quella; poi il suo cellulare. Dov'era Carola?

Dieci minuti dopo lei stava sulla soglia un po' senza fiato, si infilò attraverso la folla e si lasciò cadere sulla sedia di fronte a lui con un sonoro sbuffo. Indicò il bicchiere di birra pieno. «Hai voluto annegare la tua frustrazione e poi hai constatato che la birra non ti piace?»

«Haha!» Storse la bocca; di chiacchiere non aveva veramente nessuna voglia. «Cos'hai in mente, che per te telefonare non va abbastanza bene?»

«Faccia a faccia», sbatté le palpebre, «posso mettere in campo tutto il mio non trascurabile fascino per ricondurti alla ragione.» Chiamò la cameriera che in quell'istante era capitata nel campo visivo.

Micky afferrò la sua birra e bevve un lungo sorso. Poi storse di nuovo la bocca. «È diventata stantia.» Quando posò il bicchiere la guardò negli occhi. «Come molto altro.»

Visibilmente sgomenta, Carola gli prese la mano. «Deve forse significare che smetti davvero di ballare?» Era riuscito davvero a provocarla; perché con Tanja non funzionava?

«E anche se fosse?»

«Ma Micky!»

La cameriera raggiunse il loro tavolo tenendo in equilibrio un vassoio con dei bicchieri vuoti. «Cosa posso portarLe?»

«Un succo di ciliegia.» Carola parve dilettarsi della sua espressione sbalordita. Il bar era noto per i suoi fantastici cocktail; gli analcolici venivano chiesti piuttosto raramente. «Non l'avete?»

«Certo che sì.»

«Per me un'altra birra, per favore.» Spinse il suo bicchiere verso la cameriera. «Ho dovuto aspettare troppo per la compagnia.»

La cameriera annuì e mise il bicchiere sul suo vassoio. «Arriva subito!»

Lo sguardo di Carola la seguì per un attimo, poi si rivolse di nuovo a lui. «Non dici sul serio che vuoi smettere. Lo dici solo per farmi arrabbiare.»

Sorrise amaramente. «Con questo potrei farti arrabbiare?» Se solo Tanja non fosse così indifferente. Però non si era mossa dal suo posto quando lui era scappato dalle riprese.

Carola sospirò. «Micky, siamo i tuoi amici. Non piantarci in asso! Non ce lo siamo meritati.»

«Quel playboy! Non lascio portar via la mia ragazza da quel bellimbusto.» Strinse le labbra furente.

«Tanja non è la tua ragazza, Micky. Ma se non sa neppure che la ami! Non gliel'hai mai detto.»

«Ma si nota!»

«Ah sì?» Carola mosse le sopracciglia; d'un tratto parve divertirsi.

«Se lei mi amasse, lo sentirebbe senza che io debba dire qualcosa.»

«Aha!» Ghignò quasi maligna.

Lui la guardò senza comprendere. Cosa intendeva dire con quello?

«E che mi dici di te?»

Afferrava sempre meno dove lei volesse andare a parare.

Ora Carola sogghignava del tutto apertamente. «Se una cosa del genere si nota – come mai allora tu non ti sei ancora accorto di cosa prova Tanja per te?»

Lui guardò sul tavolo.

«Come mai non hai il coraggio di aprirti con lei, se dovresti sapere che anche lei si è innamorata?»

Sollevò lo sguardo; incerto su cosa dovesse rispondere a questo. «Lei non ha mai...»

«... detto una parola.» Carola scoppiò in una risata. «Proprio come te! Ma che due bambinoni che siete!»

La cameriera arrivò e porse loro in fretta le bevande.

«Grazie.» Carola sfoderò un sorriso per lei, ma si era già avviata verso il tavolo successivo.

«Allora perché si lascia abbindolare da quel tipo?»

«Oh, tutte le ragazze hanno un qualche idolo che appendono a casa come poster sopra il letto.» Diventò di un rosso sgargiante. «Anch'io ho ancora una cosa simile alla parete.»

Ma che razza di argomento era? Afferrò il suo bicchiere e ne bevve la metà. «Così è meglio.» Con il dorso della mano si asciugò la schiuma dalla bocca. «Ma i vostri idoli adolescenziali non sono reali. Questo lo è.» Strinse le labbra stizzito e sbuffò. «Non riesco a tenere testa a quello che le promette. Lei non vede affatto che le mente.»

«Non lo fa, Micky. Non pensa neanche per sogno di prometterle qualcosa, né tanto meno di mentirle.»

«Che ne vuoi sapere tu? Non lo conosci per niente.»

«Ma tu, Micky?» Il suo sguardo vagava per la stanza come se cercasse qualcosa. Parve diventare nervosa. «Ho parlato con lui.»

Lei bevve un sorso del suo succo di ciliegia e si leccò le labbra con gusto. «Decisamente buono. Vero succo, niente gazzosa. Forse dovrei mangiare qualcosa?» Si girò verso la cameriera. Ma d'un tratto gli afferrò la mano attraverso il tavolo. «Guarda, una donna del set.»

Le braccia davanti a sé come per proteggersi, una donna dai capelli neri in un vestito dal taglio a tenda troppo largo si muoveva lentamente verso il bancone e intanto sembrava cercare un posto libero.

Squadrò il viso della donna. «Non riesco a ricordare. In ogni caso nella nostra scena non c'è.»

Carola si alzò a metà e fece cenno nella sua direzione. La donna reagì con un sorriso e poi venne verso di loro.

Carola si risedette. «Va', porta a Consuela una sedia.»

«Consuela?» Era completamente perplesso. Il ruolo da comparsa pareva aver fatto appassionare Carola alla faccenda del film. «Pensavo che volessi parlare con me di Tanja.»

Lei alzò le spalle rassegnata. «Non so cosa posso ancora dire per convincerti.» Carola si dava per vinta? Non poteva essere. Strinse gli occhi diffidente.

La donna che lei aveva chiamato Consuela stava in piedi davanti a loro. Sbalordito, fissò per un attimo la pancia visibilmente prominente che aveva davanti a sé all'altezza degli occhi. Da lontano e nella folla davanti al bancone la veste aveva nascosto completamente la sua gravidanza.

Tornò in sé e si alzò. *«I'll get you a chair!»*

Consuela disse qualcosa che suonava inglese, ma lui non capì.

Quando tornò al tavolo con una sedia, Carola lo indicò e mise insieme il suo inglese. «Questo è Micky Hasloff del nostro gruppo di *square dance*.»

Accostò bene la sedia a Consuela.

Un breve sorriso le apparve agli angoli della bocca. *«The one, who blew the scene last Saturday.»*

Questo lo aveva capito. Il suo viso cominciò a bruciare e abbassò lo sguardo. «Avevo le mie ragioni!» Avrebbe preferito mandare all'aria non solo la scena. Recalcitrante, premette i denti sul labbro inferiore e si risedette. «Che ruolo interpreta nel film?» Cercò di tenere lo sguardo sul viso di Consuela.

«Nessuno.» Si passò la mano sul pancione. «Manolo vuole assicurarsi di poter essere presente alla nascita. Per questo sono venuta alle riprese a Berlino.»

«Manolo?» Aggrottò la fronte.

«Manolo Rioja. Non lo sa che è la star del film?»

«Ma certo!» Istintivamente strinse i pugni.

«E la star della mia vita.»

«Cosa?»

Il sorriso di Consuela si allargò e lui cominciò a capire qualcosa.

«Allora forse il bambino sarà un berlinese.» Carola sorrise divertita.

«O di Potsdam. Abbiamo fatto riservare una stanza in un ospedale anche là.» Seguendo lo sguardo di Carola, si voltò.

Manolo Rioja stava all'ingresso del bar. Passando prese una sedia libera e venne verso di loro. «Riceverò di certo un ticket. Ma sono già andato così lontano che a stento so se ritroverò la macchina.»

Micky rigirò tra le mani il suo bicchiere di birra e lo squadrò pensieroso. «Che coincidenza», sussurrò in tedesco.

«È improbabile che la lasci sola nel suo stato», bisbigliò Carola di rimando.

Rioja posò la mano sulla spalla di Consuela, disse qualcosa in spagnolo e la baciò sulla tempia. Poi guardò Micky. «Posso sedermi?»

Ma se aveva già la sua sedia! Micky sbuffò stizzito; poi riprese il controllo di sé. «Ero stupito quando Consuela è sbucata qui. Ora non mi meraviglio più.»

Rioja annuì. «*Right.* La nostra entrata in scena qui era programmata.» Il suo sguardo andò a Carola. «Questo mi sembrava il modo migliore per dimostrare che non Le metto i bastoni tra le ruote.» Accarezzò la nuca di Consuela. «E non ho neanche interesse per la Sua bella amica.»

Sotto il tavolo Micky strinse i pugni. «Tanja non è mia amica.»

«E questo è il Suo problema.» Consuela si accomodò meglio e si appoggiò alla spalla di Rioja. «Le star dei film hanno spesso una cattiva reputazione e il manager di Manolo coltiva la sua come rubacuori. Così è lo showbiz, purtroppo.»

«Ma in verità non ci sarebbe nulla?» Micky la guardò incredulo. «Ho cercato su Google!»

«E trovato le molte foto con ragazze al fianco di Manolo.» Consuela fece un sorrisetto. «Tutte modelle che vengono pagate per la loro apparizione.» Indicò Carola. «Ieri abbiamo anche ingaggiato Carola, mentre era da noi in hotel. 'Acconciatrice berlinese nuova fiamma di Rioja' sarà un bel titolone.»

Carola arrossì e balbettò qualcosa di incomprensibile.

«Non ci credo!» Se fosse stato vero, si sarebbe reso ridicolo in modo colossale. No, era un complotto. Volevano solamente convincerlo a tornare sul set. Ringhiò sprezzante.

Rioja alzò le spalle. «Siamo sposati da cinque anni e abbiamo due figlie. Con questa strategia finora siamo riusciti a tenere il nostro matrimonio lontano dai titoloni.»

Carola prese la mano di Micky. «Non essere così testardo. Non ti accorgi che sulla fedeltà di suo marito Consuela mette una mano sul fuoco?»

«Pah! Ma sono tutti e due attori!»

Consuela e Rioja ascoltavano attentamente il loro scambio di parole con i volti concentrati: che ne capissero qualcosa? Che si accorgessero pure di quanto lui li disprezzava per la loro evidente manovra.

Carola sorrise brevemente a Rioja, poi si rivolse di nuovo a lui. «Micky! Sono sposati da appena cinque anni ed evidentemente avranno già il loro terzo figlio!» Sbuffò tanto forte come se stesse per perdere il controllo. «Questo non indica proprio un matrimonio infelice!»

Incurvò le spalle a disagio e afferrò la sua birra. Era già stantia un'altra volta.

«Micky, per favore, venga alle riprese domattina.» Rioja mise il braccio attorno a Consuela. «Ci farebbe un grosso favore, se io potessi terminare gli appuntamenti per le riprese come programmato. Le nostre bambine non devono aspettare più del necessario per conoscere il loro nuovo fratello».

Carola apparve sorpresa. «Non le volete far venire a Berlino?»

«Non abbiamo trovato una casa adatta che possiamo affittare per un periodo breve. Altrimenti in ogni caso le avremmo portate con noi.»

Consuela annuì. «Finché i bambini non vanno a scuola, cerchiamo di non farli risentire della nostra professione.»

«Allora è davvero un'attrice anche Lei? Ma da noi non è così famosa come Suo marito.» Come se lui avesse conosciuto Rioja prima di allora. Tanja non gli aveva mai raccontato niente del suo idolo. Altrimenti avrebbe impedito che il gruppo accettasse il contratto per il film.

«Lavoro in primo luogo a teatro. E canto.»

«Micky, cosa posso fare per convincerLa? Abbiamo questa esibizione in comune a *square dance*; in questo non c'è nulla da cambiare.»

«E Tanja ha altre due scene con Lei. Ho letto la parte che recita lei.»

Carola storse gli occhi. «Forse la smetti di startene lì zitto e arrabbiato? Forse le dirai cosa vuoi da lei?»

«E se mi dà ancora il due di picche?»

«Ancora!» Carola boccheggiò. «Quando e dove ti ha dato il due di picche? L'avessi saputo!»

«Martedì prima dell'allenamento.»

Lei aggrottò la fronte. «Ti ha detto che non ti ama?»

Micky brontolò. «Mi ha proprio trattato dall'alto in basso.»

«Non ci credo affatto! Tanja proprio no; non è da lei.» Scosse la testa. «A meno che fosse terribilmente incavolata.»

Lui fece una smorfia. «Beh, certo che la era!»

Rioja e Consuela avevano sempre più punti interrogativi negli occhi. Carola cominciò a riassumere quello di cui avevano appena parlato. Che imbarazzo! Micky le posò una mano sul braccio per frenarla. Ci mancava ancora che Carola raccontasse tutto per filo e per segno a quei due. Comunque dovevano già considerarlo un idiota.

Poi si rivolse lui stesso a Rioja. «Domattina vengo alle riprese. Lei non ne può mica nulla della pazzia di Tanja. Perciò non sarebbe giusto che Lei ne soffrisse.» Il suo sguardo andò al pancione di Consuela, che la costringeva a sedere un po' scostata dal tavolo. «Proprio nella Sua situazione.»

Sul volto di Rioja si diffuse chiaramente il sollievo. Chiamò la cameriera con un cenno. «Ci porti un bicchiere d'acqua minerale e una bottiglia di champagne con quattro bicchieri», ordinò in inglese.

Quando le bevande furono sul tavolo, Micky brindò al minuscolo sorso nel bicchiere di Consuela. «Finché il nostro gruppo è impegnato nelle riprese, non deve preoccuparsi. Il nostro *caller* di professione borghese fa l'infermiere nel corpo dei vigili del fuoco. Chris probabilmente ha già aiutato a venire al mondo più di un bambino che non voleva più aspettare la fine del tragitto per l'ospedale.»

Carola rise a squarciagola. «Questa sarebbe proprio un'esperienza.»

Rioja ghignò. «Potremmo proporre a Kincaid un'integrazione del copione. Con un ruolo da comparsa per Chris.»

Micky prese il cellulare dalla tasca dei pantaloni e iniziò a scorrere la lista dei nomi.

«Che vuoi fare?» Forse per amore dei due Carola continuò con l'inglese.

La domanda adesso lo sbalordì davvero. «Non dovremmo informare Chris?»

«Che ha ancora un ulteriore lavoro?» Consuela prese la sua acqua minerale con una risatina mezza soffocata.

«Poi chiami anche George?»

Micky deglutì; poi annuì valorosamente. «Di sicuro non mi resta altro da fare che rimettere a posto quello che ho combinato.»

Senza giri di parole comunicò poi a Chris che l'indomani puntuale sarebbe stato a Babelberg. «Lo dico io stesso a George», concluse il discorso con un sospiro.

Chris rise piano. «Non devi sobbarcarti questo. Sono da Madeline e lui è seduto in cucina. Almeno per quanto sia in grado di star seduto tranquillo.»

«Chris, sei il migliore. Grazie.»

«Ma Tanja non è più qui. A lei dovresti telefonare.»

«No!» Questo era suonato troppo scostante. Chiuse gli occhi, poi espirò lentamente. «Ha fatto dipendere dalla mia presenza se domattina andrà a Babelsberg? O cosa?»

«Non che io sappia.» In sottofondo la voce di Madeline risuonò attraverso il telefono. Chris sembrò tenere la mano sul cellulare perché quella che fu la sua risposta a Madeline giunse a lui solo attutita e incomprensibile. Poi Chris fu di nuovo lì. «Micky, con me non hai nulla di che giustificarti. Sono contento che tu venga domani.» Gli raccontò brevemente quanto della scena avevano provato prima di doversi interrompere.

Dopo un ulteriore mezzo minuto Micky chiuse il cellulare ed espirò sollevato.

<h1 style="text-align:center">8</h1>

Tanja era stanca per la notte insonne. Più ancora del forte temporale l'aveva tenuta sveglia l'incubo che Micky avrebbe mandato a monte le riprese. E se Chris non fosse riuscito a ricondurlo alla ragione?

Prima di farsi la doccia posò il cellulare sulla console del bagno. Doveva solo allungare la mano, se lui chiamava. Ma Micky non chiamò. Forse era persino meglio così: l'avrebbe derisa se gli avesse detto che non aveva alcun motivo di essere geloso, perché per lei era più importante di tutte le star del cinema del mondo.

Tuttavia prima di colazione continuò a girare attorno al telefono. Avrebbe potuto chiedergli di passare a prenderla, perché nel cielo c'erano ancora grosse nuvole che minacciavano pioggia. Arrivare a Babelsberg fradicia non era un'opzione. Ma non riusciva a decidersi.

Quando si versò il secondo caffè, insperatamente Lydia Aydemir suonò alla porta di casa sua. Ora non doveva mostrare il suo lato debole – ma adesso non sapeva neanche se Micky sarebbe venuto.

Sakir stava appoggiato alla portiera del guidatore e ghignò verso di lei. Lydia era da invidiare per suo marito: musicalmente ignorante come un pezzo di legno, eppure la sosteneva pieno di entusiasmo. Anche lei vorrebbe avere un marito così un giorno. Non musicalmente ignorante. Uno che la sostenga incondizionatamente.

Aprì la portiera a Tanja. «Per colpa della forte febbre della ribalta Lydia ha rimesso la colazione. Riesci a immaginartelo?»

No, non ci riusciva. Fissò Lydia. «Certamente non a causa della scena. Deve solo ballare come sempre.» Si sfregò i palmi umidi uno contro l'altro. «Certamente no.»

Adesso Lydia arrossiva anche. Ma guarda un po'! Tanja scosse la testa stupita mentre saliva in auto.

Nel camerino Carola stava con un'acconciatrice dietro a un'altra comparsa; insieme facevano alla donna dei ricci a cavatappi. Carola reagì con una risata a singhiozzi a un'osservazione dell'acconciatrice. Appariva rilassata come quando al circolo faceva i capelli alle ballerine. Forse erano proprio le condizioni al salone che le facevano perdere il gusto del lavoro.

Madeline entrò nel camerino, salutò Carola e Lydia con un bacino, batté sulla spalla a Tanja e salutò le altre ballerine di *square dance* con un cenno. «Pronte, ragazze?» Si sedette e si tolse i sandali. «Ormai tutti i nostri sono riuniti? Per caso lo sapete?»

Tanja sbuffò per dominare la rabbia crescente. «Dillo subito che vuoi sapere se Micky è venuto! E no, non sono andata a vedere se è già qui.» Indicò il cellulare di Madeline sul tavolo del camerino. «Può dirtelo Chris.» Ma Chris avrebbe di sicuro già chiamato, se Micky non fosse stato qui. Perché Madeline lo chiedeva in realtà?

«Micky viene sempre all'ultimo minuto. O ancora dopo.» Carola ridacchiò. «Non ho ancora mai visto che abbia regalato anche solo cinque minuti.»

Lydia scoppiò in una risata. Quelle due di certo non avevano avuto gli incubi.

Tanja si morse le labbra per non sbottare. Ma che volevano tutte da lei? Voltò loro la schiena e prese il suo costume dall'asta appendiabiti.

Alla fine fu tra le ultime a essere pronta acconciata e truccata. Mancava ancora Carola; per tutto il tempo aveva lavorato fianco a fianco con una delle acconciatrici.

Tanja lasciò insieme a Madeline il camerino. Questo si trovava nella parte posteriore dell'edificio; quelli delle star erano
più centrali. Forse Manolo avrebbe incrociato la sua strada;
sapeva esattamente qual era il suo camerino. Gironzolava
tranquillamente dietro Madeline.

Alla fine Madeline la prese sottobraccio e la costrinse a un
passo più rapido. «Ti manca... qualcosa?»

«Non dovremmo aspettare Carola?»

Madeline rise. «Carola mi preoccupa meno di tutti.» Guardò il suo orologio da polso. «Oh maledizione! Ho dimenticato
di levarlo!»

Che Madeline fosse un momento distratta, le capitò a fa-
giolo. Si liberò del suo braccio e si fermò. Non aveva fretta di
uscire. Non ancora.

Un paio di porte davanti a loro Manolo uscì dal suo camerino. La bruna del saloon si sporse dalla cornice della porta.
Tanja rimase a bocca aperta: quella donna era incinta, palesemente. Manolo mise il braccio attorno a lei e la baciò sulla
fronte.

Tanja richiuse la bocca di scatto e sbuffò indignata.

Madeline si voltò e le prese il braccio. «È sicuramente
Consuela.»

Tanja sbatté le palpebre irritata. «Consuela?»

Madeline scoppiò in una risata. «Leggi tutto quello che ti
capita sotto mano su Rioja e non sai nemmeno che è sposato?
E felicemente, a quanto pare.»

Tanja aveva improvvisamente un groppo in gola. «Da cosa
capisci che è sua moglie?»

«Carola l'ha incontrata. E ce l'ha descritta.»

«Ce?»

Madeline alzò le spalle. «Ieri sera ci siamo seduti insieme – Chris, il nonno e io. Stavamo come sui carboni ardenti per sapere se Carola riesce a persuadere Micky a venire.»

Tanja continuò a fissare la coppia davanti a loro. Manolo accarezzava la nuca alla donna. «Avete cospirato contro di me?»

«Perché contro di te? Non era Micky il nostro problema?»

Tanja strizzò gli occhi per ricacciare le lacrime incombenti. Poi si diresse con passi da gigante verso l'uscita dell'edificio. Passando accanto a Manolo, voltò la testa dall'altra parte.

Solo quando aprì la porta verso l'esterno, risuonò lo staccato degli stivali di Madeline dietro di lei. Fuori Hinnerk la intercettò dopo pochi passi. Parve notare che qualcosa non andava, perché le accarezzò il braccio in silenzio. A denti stretti lei si lasciò accompagnare da lui alla pedana da ballo. Manolo sposato – non poteva essere. Non era il tipo che prendeva per il naso i suoi fans.

Madeline sbucò dal fianco di Manolo, le gonne raccolte per non strascicarle nelle pozzanghere che erano rimaste dal temporale notturno. Manolo ebbe un sorriso sul viso quando lei gli disse qualcosa.

Hinnerk tratteneva ancora Tanja per il braccio. Pensava che lei sarebbe scappata via come Micky?

«Buenos dìas!» Manolo sorrise a Tanja. «Buongiorno, caro fan.» Aggrottò la fronte. «Caro fan? Si può dire in tedesco?»

Hinnerk rispose in inglese. «Devi scegliere la vera parola tedesca.» Mosse il naso. «Benché in realtà non ci sia.»

«Sostenitrice», disse Madeline. «Seguace.»

«Questo è Medioevo, carissima.» Hinnerk ghignò. «Ma allora meglio piuttosto... appassionata... ammiratrice?»

Gli occhi di Madeline si accesero improvvisamente e accennò con la testa verso la porta dello studio. Chris era là e faceva uscire Norbert e Micky davanti a sé. Subito dopo

uscirono in strada anche i rimanenti *square dancer* e Chris li
seguì.

Tanja guardò per terra per non incontrare lo sguardo di
Micky. Adesso non voleva sapere come la guardava.

Chris mise il braccio attorno alla spalla di Madeline e la
baciò sulla punta del naso. «Mi sei mancata, *darling*.»

«Non vi vedete davvero da troppo tempo.» Ghignando
Hinnerk tirò via Madeline da Chris. «Però adesso appartiene a
me per il momento.» La aiutò a salire i gradini per la pedana
da ballo.

Chris salutò Manolo. «Per riscaldarci non dobbiamo aspettare la regia.»

Manolo annuì. «Sono molto favorevole a risparmiare tempo.»

Carola lo prese a braccetto. Che le saltava in mente? E Manolo era nel suo *square*. «Tutto okay con Consuela?»

«È tornata in camerino e si è coricata.» Si guardò intorno.
«Oggi ancora niente paparazzi che vogliono fotografare noi
due?»

I due operatori portarono le loro apparecchiature in posizione e assegnarono a Chris il suo posto a margine della pedana. Il *fiddler* si sedette sul *sidewalk* davanti all'ufficio dello
sceriffo e cominciò ad accordare il suo *fiddle* corda per corda.
Dall'ufficio dell'impresario uscì Jack Harten con Helen, la
segretaria di edizione, una tazza di plàstica fumante alla bocca.

Manolo andò verso Jack e scambiò qualche parola con lui;
poi salì sulla pedana da ballo. «Abbiamo un quarto d'ora prima di fare sul serio. Per allora avrà finito anche Josh con l'ac-
cordatura.»

Madeline tradusse per quelli che non riuscivano a seguire
abbastanza bene lo scambio di parole in inglese.

Chris sollevò la mano per dare il segnale d'inizio della prima prova in assenza di musica. Poi la lasciò ricadere e guardò

Tanja. «Scambia il posto con Lydia.» Voleva averla fuori dallo *square* con Manolo. Apparentemente non si fidava ancora di Micky. O di lei?

Il suo sguardo andò a Manolo che stava di fronte a lei e guardava così imperturbabile che di sicuro non aveva capito Chris. Lei strinse le labbra e fece posto a Lydia, che aveva seguito immediatamente l'esortazione di Chris.

Chris espirò, visibilmente sollevato. Poi sollevò nuovamente il braccio e iniziò le sue *calls*. Finché non avevano ballato tutte le figure una volta, Chris aveva stoppato e fatto ripetere tre volte. Quella mattina Beate e Franz, le due comparse esterne, erano molto distratti.

Tanja voleva solo lasciarselo alle spalle. Le sue aspettative non erano state per nulla soddisfatte. E ora Manolo era pure in un altro *square*. «Non dev'essere perfetto.» Tanto durante il montaggio avrebbero selezionato quali pezzi tenere. «Siamo normalissimi abitanti di Los Alamos, non ballerini di saloon.»

«Non farti saltare in mente di creare degli intoppi! Niente arbitrarietà oggi, Tanja.» Chris aveva evidentemente la luna storta. Ma cosa lo angustiava ancora? Non potevano mica più essere le riprese.

Hinnerk prese la mano di Madeline, con la coda dell'occhio lo sguardo puntato su Chris. «Avete litigato, voi due?»

«Non che io sappia.»

«Allora George ce l'ha di nuovo con lui!» Hinnerk brontolò. «Tuo nonno dovrebbe finalmente cedere la sua carica ai più giovani.»

Madeline alzò soltanto le spalle.

«Ora ci sono tutti?», chiese Jack da sotto.

Helen stava a margine della pedana e contava i ballerini sulle dita. «Non manca nessuno.»

Il regista diede un segnale al *fiddler* e Josh si alzò dal suo posto sul *sidewalk*.

«Ora lo ballate una volta senza interruzioni e così poi lo riprendiamo anche.» Corrugò le sopracciglia. «Per ogni evenienza.»

Ricominciarono, questa volta con il *fiddle*. Che Chris non cantasse era sempre insolito e tolse il brio dai movimenti di Tanja. O era dovuto a qualcos'altro?

Micky pareva totalmente spensierato e di ottimo umore. Lui però non aveva trascorso la notte insonne. Continuava a sorridere ad Ana, della quale lei ormai sapeva che interpretava la figlia dell'*haciendero* e nell'assalto degli indiani perdeva il suo amato.

Dalle indicazioni che Jack dava nel frattempo e dal movimento davanti alla pedana si capiva chiaramente che il tempo stringeva. Senza ulteriori commenti, fece successivamente girare. Dopodiché lanciò pur sempre un paio di esclamazioni soddisfatte. Chris si passò la manica sulla fronte; sudava più dei ballerini. Due visagiste salirono sulla pedana e aggiustarono in tutta fretta i loro make up.

Poi Jack venne a margine della pedana. «Dunque, adesso arriva la parte difficile.»

Nell'ultimo quarto della scena, i ballerini si accorgono a poco a poco dell'incursione. Poiché gli indiani tirano solo con arco e freccia, non c'è nessun rumore che allerta la città. Prima Hinnerk, poi Carola scorgono per caso dei movimenti, guardando in una viuzza laterale tra le case durante le loro giravolte. Esitano e si lasciano portare fuori tempo. Dopo scambi di parole a bassa voce il secondo *square* si fa vigile. Però non comprendono ancora che gli indiani circondano di soppiatto la città. Poi il grido d'allarme di un uomo che non è colpito a morte mette tutti repentinamente in allerta. Solo il *fiddler*, che è mezzo sordo, continua a suonare finché finalmente nota che nessuno balla più. Apparentemente nel film lui era il *comic relief*.

Naturalmente questo pezzo della scena era la parte più importante della loro esibizione. Provarono dieci volte solo il mezzo minuto dall'avvistamento dei "movimenti" ai margini della città fino al brusio nel primo *square*.

Finalmente Jack fu abbastanza soddisfatto per la prima ripresa. Ma si erano sbagliati credendo che con questo fosse finita. Jack aveva ancora un'intera serie di proposte di modifiche e alla fine ci volle fino a mezzogiorno perché fosse buona la ripresa di questo pezzo.

Mentre i ballerini poterono andare a mangiare, Chris andò con Jack nell'ufficio dell'impresario per discutere del lasso di tempo dopo la pausa pranzo.

Micky aiutò la sua compagna, la "figlia dell'*haciendero*", a scendere i gradini della pedana da ballo. Ana aveva studiato a Madrid alla "*Escuela de Interpretación*" di Cristina Rota. Il che significava che anche lei doveva essere un'attrice famosa; ma questo era il suo primo film internazionale.

Quando fu da basso, per prima cosa lei si guardò intorno alla ricerca di Manolo Rioja, poi si rivolse a Micky. «Viene a pranzo con noi?», chiese nel suo inglese biascicato. Con Rioja sarebbe stata di certo in mani migliori, ma non sembrava aspettarsi che lui avesse tempo per lei.

Micky le porse galantemente il braccio. «¡*Sí, Señorita!*» Ana lo preservava dal doversi magari scontrare con Tanja adesso. Quando Chris gli aveva ridato il posto a fianco di Ana, aveva tirato un sospiro di sollievo.

Si era aspettato che Rioja per prima cosa si occupasse di sua moglie, ma imboccò la strada per la mensa con Lydia. Forse incontrava Consuela là.

Tanja si affrettò ad andare al fianco di Rioja; non si dava ancora per vinta?

Madeline la prese a braccetto. «Dov'è Carola?»

«Non si perderà mica.» Tanja aveva inequivocabilmente la luna storta.

«È tornata in camerino», disse Rioja. «Forse come te, Madeline, trova noioso fare cinema.»

«Io lo trovo assolutamente affascinante.» Tanja regalò a Rioja un battito di ciglia addirittura lascivo.

Ma Rioja non parve impressionato. «Allora dovresti farlo come la tua amica Carola.»

«Perché? Cosa fa lei?»

«Stamattina ha acconciato Consuela.»

Tanja spalancò la bocca; anche Madeline parve essere sorpresa. «E?»

«L'acconciatrice di Consuela la prende sotto la propria ala: Pilar ha fatto amicizia con alcune persone qui e forse può fare qualcosa per lei, di modo che esca fuori dal suo salone.»

«Difficile!» Madeline scosse la testa dispiaciuta. «Carola non ha ancora concluso il suo apprendistato.»

Tanja rise. «E qui non avranno subito un lavoro per lei. Ma sul lungo periodo avere un aggancio, per questo forse sarebbe un inizio.»

«Vedi!» Rioja le diede una pacca sulla spalla e Tanja arrossì.

«Cosa vedo? Per me non c'è lavoro qui.»

«E cosa stai facendo ora?» La prendeva in giro; era chiaro come il sole. Però lei parve non notarlo.

Micky ghignò. «Ora pianificate le vostre carriere da star?» Se tornava al tono che solitamente c'era tra lui e Tanja, forse avrebbero ritrovato il loro normale rapporto senza che dovessero parlare del comportamento infantile di entrambi.

«Come cosa?», chiese Lydia.

«Come cosa, Tanja?» Madeline le fece un sorrisetto. «Un altro western?»

«Dubito che qui vengano girati dei western abbastanza spesso.»

«E i film sul ballo non sono più di moda», disse Lydia.

«Musicals.» Rioja aveva l'aria di dire sul serio. «Consuela ha un'offerta per l'anno prossimo.»

«Qui a Babelsberg?» Tanja si bloccò. «Sarebbe proprio chic.»

«Perché?» Lo sguardo di Madeline espresse la stessa diffidenza che si destò in Micky. «Per via di Carola?»

«Ovviamente per via di Carola. Sempre che per allora abbia concluso il suo apprendistato...» A dire il vero Carola era stata appena bocciata di nuovo nella teoria; ma questo Pilar non doveva affatto saperlo.

Tuttavia Tanja ebbe un luccichio molto sospetto negli occhi. In fondo c'era una qualsiasi garanzia che l'anno prossimo Rioja sarebbe stato ancora il marito fedele?

«Allora di sicuro anche tu sarai di nuovo qui», gli disse Micky. Voleva proprio sapere cosa doveva aspettarsi.

Rioja scosse la testa. «Raramente abbiamo lavoro in comune.» Scoppiò in una risata. «Non so né cantare né ballare.»

«E con noi cosa stai facendo?» Madeline ghignò.

Tanja tirò il braccio di Rioja per avere la sua attenzione. «Non dovresti venire anche tu perché poi devi badare a vostro figlio?»

«Appunto per questo non ho accettato nessun ingaggio per quello stesso periodo.» Ghignò. «Posso permettermi di decidere gli appuntamenti per le riprese.»

Dietro di loro d'un tratto una bicicletta suonò in modo incessante e acuto. Una delle segretarie di edizione pedalava verso di loro con la faccia paonazza, spingendo con forza sui pedali. «Manolo!» Aveva il fiatone.

Lui andò verso di lei e la afferrò mentre inchiodava davanti a lui. Lei smontò, lui si pigliò la bici e si lanciò sulla strada da cui la segretaria di edizione era appena venuta.

«Ma che succede?» Tanja guardava in giro perplessa.

«Tu cosa credi! Bene che Chris sia ancora nello studio.» Madeline prese la segretaria di edizione per il braccio. «Mi mostra la strada?» Mise fretta alla donna.

«Ma che succede? Madeline si comporta proprio come se ora ci fosse già un incendio. Quello è previsto solo nel pomeriggio.»

«Ma Tanja!» Micky tese la mano verso di lei. «Andiamo a mangiare. Adesso certamente non dobbiamo più aspettarli.» Aggrottò la fronte. «Speriamo non significhi che le riprese del pomeriggio saltano.»

Ana guardava confusa dall'uno all'altro.

«Consuela», disse Micky.

«¡Dios!» Ana si staccò da lui e corse dietro a Madeline.

«Vuoi dire che sta avendo il bambino? Adesso?» Oh, finalmente anche Tanja aveva capito. «Allora di sicuro ci mandano subito a casa.» Stranamente non suonava affatto come se le dispiacesse.

«Difficile. Manolo è un professionista.» Lydia si posò una mano sul ventre. «Questo non me lo aspetterei neanche da Sakir.»

Tanja fece tanto d'occhi; poi cominciò a ridacchiare. «Per questo motivo stamattina sei stata male», buttò fuori a fatica.

Micky fissò per un attimo la mano di Lydia: Lydia era incinta. Ma cosa c'era di tanto buffo in questo? Donne – se uno potesse capire i loro ragionamenti. «Andiamo in mensa ora?» Tese nuovamente il braccio.

Lydia lo prese sottobraccio e poi afferrò la mano di Tanja. «Chiaro che adesso andiamo a mangiare.»

«E stiamo attenti che tu mangi per due.» Tanja dondolava baldanzosa la mano di Lydia. Finalmente sembrava tornato il suo buon umore. Andò più avanti di mezzo passo, così poteva vedere Micky. «E che mi dici di te? Ti piacciono i bambini?»

«Dipende.»

«Da cosa?»

«Da di chi sono i bambini.» Lo colse uno slancio di audacia. «Se fossero i tuoi, li amerei.»

Lydia li lasciò entrambi e li spinse l'uno verso l'altro ridendo. «Adesso sistematela una volta per tutte.»

Gli occhi di Tanja luccicavano. Ma non erano mica lacrime quelle, vero?

«Oh Micky!» Gli mise le braccia intorno al collo e il viso contro la guancia. «Idiota!»

Che dovesse sempre avere l'ultima parola.

FINE

***

Se questo romanzo vi è piaciuto, consigliatelo in giro.
Le recensioni sono molto gradite.

Altri romanzi sul Club di Danza Lietzensee:

"Quick, quick, slow – Club di Danza Lietzensee" è una serie scritta insieme a più autrici. Di Annemarie Nikolaus, oltre a "Flirt con una star", sono apparsi in italiano:

Ritorno al parquet

Per la prima volta dopo sedici anni Friederike Lagrange osa tornare sul parquet: un grave incidente d'auto l'aveva costretta ad abbandonare il ballo da sala. La danza è invece diventata il suo argomento di ricerca e ha fatto carriera come professoressa di storia.

Un collega diventa il suo nuovo compagno di ballo, poiché suo marito George non vuole prendere parte a un semplice gruppo di ballo come un dilettante: non sarebbe all'altezza della sua carica di presidente del Club di Danza Lietzensee. Tuttavia la sostiene quando lei vuole girare un film sulle danze del barocco con gli *square dancer* e la formazione latina del circolo. Ma d'un tratto vuole ballare personalmente le danze barocche con lei.

Friederike si trova davanti a un dilemma: dall'incidente si era augurata di poter ballare di nuovo con suo marito. Però non vuole neanche deludere il suo collega. Troverà una scappatoia che non offenda nessuno dei due?

Tascabile ISBN 9782902412846e E-Book

***

La nipote

Madeline Lagrange, la nipote del presidente del "Club di Danza Lietzensee", vede il ballo liscio soltanto come uno strumento di cultura che apprende senza grande entusiasmo. Poi si imbatte nel gruppo di *square dance* del circolo. E si innamora – non solo del ballo, ma anche del *caller*, l'americano Chris Rinehart.

Chris è affascinato da Madeline fin dal primo istante. Ma lui è l'istruttore del gruppo e lei è minorenne. Lotta contro il suo crescente affetto per lei e rinnega i propri sentimenti nei suoi confronti.

Mentre Madeline, con la caparbietà dei suoi diciassette anni, cerca di sedurre Chris, suo nonno fa di tutto per bandirlo dal circolo per mettere zizzania tra loro.

Tascabile ISBN 9782902412761 e E-Book

Sull'autrice:

Annemarie Nikolaus, originaria dell'Assia, ha vissuto per vent'anni nel Nord Italia. Nel 2010 si è trasferita con la figlia in Alvernia, in Francia.

Ha studiato psicologia, pubblicistica, politica e storia e ha lavorato, tra le altre cose, come psicoterapeuta, formatrice di adulti, giornalista, editor e traduttrice.

All'inizio del 2001 ha cominciato a scrivere opere letterarie. Dal 2011 pubblica in modo indipendente. Autrice *Qindie*

Blog in italiano: http://bit.ly/2JuLrBl

Twitter: http://twitter.com/AnneNikolaus

Facebook: http://www.facebook.com/AnnemarieNikolaus

Pubblicazioni:

In italiano:

Reale Repubblica. Collana „*Mondo in fiamme*". Romanzo storico.

Lume di speranza. Calendario dell'Avvento. Romanzo distopico. ISBN del tascabile 9782902412433

La Corsara. Collana *"Mondo dei draghi"*. Romanzo fantasy

Ridotti al silenzio. Mini thriller. ISBN del tascabile 9782902412730

Storie di magia. Storie brevi per bambini. ISBN del tascabile 9782902412693

Il cavallo di fuoco. Romanzo fantasy. ISBN del tascabile 9782902412709

Oltre la legge. Brevi gialli storici. ISBN del tascabile 9782902412754

La nipote. Collana *"Quick, quick, slow – Club di Danza Lietzensee"*. Romanzo d'amore. ISBN del tascabile 9782902412761

Ritorno al parquet. Collana „*Quick, quick, slow – Club di Danza Lietzensee*". Romanzo sul matrimonio. ISBN del tascabile 9782902412846

Flirt con una star. Collana *"Quick, quick, slow – Club di Danza Lietzensee"*. Romanzo d'amore. ISBN del tascabile 9782902412853

Deceduto. Storie brevi. ISBN del tascabile 9782902412648

Aquitania: La fine di una guerra. Collana *"Ai bordi della strada…"*. ISBN del tascabile 9782902412839

Le edizioni originali tedesche:

Romanzi e racconti brevi

Storico

Königliche Republik. Romanzo storico. ISBN del tascabile 9782902412471.

Verjährt. Brevi gialli storici. ISBN del tascabile 9782902412549.

Fantastico

Die Piratin. Collana *"Drachenwelt"*. Romanzo fantasy. ISBN del tascabile 9782902412495

Das Feuerpferd. Romanzo fantasy, insieme a Monique Lhoir e Sabine Abel. ISBN del tascabile 9782902412501.

Magische Geschichten. Storie brevi non solo per bambini. ISBN del tascabile 9782902412488

Renntag in Kruschar. Collana *"Drachenwelt"*. Antologia fantasy.

Leuchtende Hoffnung. Un romanzo di fantascienza come calendario dell'Avvento. ISBN del tascabile 9782902412563

Giallo

Ustica. Un mini thriller. ISBN del tascabile 9782902412556. Edizione tascabile con buono d'acquisto per l'e-book.

Tot. Storie brevi. ISBN del tascabile 9782902412587

Verjährt. (v.s.) ISBN del tascabile 9782902412549

Rosa

Die Enkelin. Collana *"Quick, quick, slow - Tanzclub Lietzensee"*. Romanzo d'amore. ISBN del tascabile 9782902412518

Flirt mit einem Star. Collana *"Quick, quick, slow - Tanzclub Lietzensee"*. Romanzo d'amore. ISBN del tascabile 9782902412532

Zurück aufs Parkett. Collana *"Quick, quick, slow - Tanzclub Lietzensee"*. Romanzo sul matrimonio. ISBN del tascabile 9782902412525

Saggistica

Da vedere in viaggio

Aquitanien: Das Ende eines Krieges. Collana *"Am Rande des Weges ..."* ISBN del tascabile 9782902412570

La collana su letteratura e libri

Suche Reisebegleitung. Collana *"Fliegende Blätter"*. ISBN del tascabile 9781499608427.

Junge Welten. Collana *"Fliegende Blätter"*. ISBN del tascabile 9781500971991